CARAMBAIA

ilimitada

Ariel Dorfman

A Morte e a Donzela

Tradução
SÉRGIO MOLINA

Prefácio
ELIE WIESEL

6   Prefácio,
  por Elie Wiesel

■ ■   ■

A Morte e a Donzela
16   Primeiro ato
48   Segundo ato
74   Terceiro ato

■ ■   ■

97   Posfácio,
  por Ariel Dorfman

Prefácio: Uma peça sobre justiça e perdão
ELIE WIESEL

Como não sou crítico de teatro, não falarei aqui das qualidades dramáticas desta peça nem de suas falhas; não discutirei se uma tragédia humana dessa proporção deve ser apresentada, mesmo que de forma secundária, como entretenimento. Tampouco cabe a mim analisar o trabalho dos atores.

Fui convidado para comentar esta peça política e psicológica de Ariel Dorfman apenas como espectador. Ela me pareceu extremamente estimulante. Nem por um instante perdi o interesse pela ação, que se desenvolve em mais de um nível e levanta mais de uma questão. Loucura e memória, vingança e amor, justiça e perdão: temas que dominam nossa geração, que tem convivido com eles na Europa e no Chile, e que é o enquadramento dos protagonistas e de seu simbolismo.

Um advogado, Gerardo Escobar; Paulina Salas, sua esposa; um médico, Roberto Miranda: unidos e separados por um destino cruel, esses três personagens se encontram por acidente.

Numa noite, Gerardo chega tarde em casa. Sua esposa não consegue controlar a ansiedade. Esse é o primeiro indício de que ela não vive em tempos normais... Um simples atraso não a deixaria nesse estado. Felizmente, um motorista amável, um médico, o leva para casa. O problema acabou, então? Não. A história, que de certo modo acaba de começar, é na verdade a continuação, se não o *dénouement*, de uma história mais longa, que anteriormente transformara seu país numa prisão.

O motorista reaparece nessa noite; Paulina reconhece sua voz. É o torturador que, quinze anos antes, durante um regime ditatorial, a humilhou, torturou e violentou. A vítima de ontem quer se tornar a acusadora, a juíza, talvez a executora de hoje. E os três personagens participam de uma paródia de julgamento em que o público atua como júri. Mas julgamento de quem? De um médico sádico que traiu seu juramento, que é culpado dos crimes mais baixos, crimes que todos preferem esquecer? De um marido que não pode entender nem nunca entenderá que sua esposa sofre um trauma que se tornou parte de seu ser? Ou o julgamento de uma sociedade que permitiu que isso acontecesse?

Esses três personagens, ligados para sempre pela vida, por uma vida arrasada, só têm em comum a própria memória, que, paradoxalmente, os manterá isolados um do outro para sempre. O marido, que nunca foi torturado, pode compreender a "loucura" de uma mulher que guarda cicatrizes na memória? O médico de hoje sente-se responsável pelos atos que levaram sua vítima a desejar a ruína e a morte dele, a fim de ela se libertar de sua vergonha? Para ele, naturalmente, a solução consiste em esquecer. Mas a vítima se recusa a esquecer. E o marido, advogado e ativista dos direitos humanos, propõe uma solução de compromisso entre os dois extremos, ou contra eles: conhecer os crimes e torná-los públicos, sem punir os criminosos.

De repente, não é apenas o Chile que demanda nossa atenção. Outras vítimas, em outros momentos e lugares, enfrentaram problemas semelhantes. Um ser humano continua humano depois de descer às profundezas do desumano? Um amante de Schubert pode ser ao mesmo tempo um torturador? E mais: em que momento a justiça se transforma em vingança? Em que momento a ética do indivíduo deve ceder aos interesses mais importantes do Estado? E, por outro lado, como levar uma existência "normal" depois de ter passado pelo inferno? É loucura permanecer ligado ao passado e a seus fantasmas? Podemos esquecer sem perdoar? Podemos esquecer sem trair, sem trairmos a nós mesmos? Temos o direito de perdoar em nome dos outros?

No final da peça, que não seria justo revelar, eu não sabia se Paulina havia perdoado. Só sei que ela não esqueceu. Nós também não.

ELIE WIESEL, nascido em Sighet, Transilvânia, em 1928, foi um humanista, professor e escritor judeu, prêmio Nobel da Paz (1986) e sobrevivente dos campos de extermínio de Auschwitz e Buchenwald. Em sua obra, dedicou-se à denúncia do Holocausto e ao resgate da memória de vítimas de perseguições pelo mundo, sobretudo do nazismo. Entre seus livros publicados no Brasil estão *A noite* – um clássico da literatura do Holocausto –, *O caso Sonderberg* e *Uma vontade louca de dançar*. Morreu nos Estados Unidos em 2016. Este texto foi originalmente publicado no jornal *New York Newsday*.

Ariel Dorfman

A Morte e a Donzela

*Esta obra é para Harold Pinter
e María Elena Duvauchelle*

Personagens

Paulina Salas, mulher por volta de 40 anos.
Gerardo Escobar, advogado de 40 e tantos anos.
Roberto Miranda, médico por volta de 50 anos.

O tempo é o presente; o lugar, um país que provavelmente é o Chile, mas que poderia ser qualquer país que acaba de sair de uma ditadura.

Primeiro ato

Cena 1

Barulho do mar.
  Noite.
  Sala da casa de praia dos Escobar. Na mesa, jantar servido para dois. Há pelo menos três cadeiras, um gravador de fita cassete, uma luminária. Fora, uma varanda de frente para o mar, ligada à sala por janelões. Na varanda há uma porta que dá para um quarto. Paulina Salas está sentada na varanda, como se bebesse o luar. Escuta-se ao longe o barulho de um carro chegando. Ela se levanta, entra na sala, olha pela janela, recua, procura alguma coisa. Quando o cômodo é iluminado pelos faróis do carro, vê-se que ela segura um revólver. O carro freia, mas o motor continua ligado, com os faróis nela. Som de uma porta de carro abrindo e fechando.

GERARDO (*voz em off*) – Tem certeza que não quer entrar? Nem pra tomar um trago?... (*resposta incompreensível*) Certo, mas temos que nos ver antes de eu ir embora... Fico até segunda... Que tal no domingo?... (*resposta incompreensível*) Minha mulher faz um *pisco sour* que é um espanto de tão bom... Nem sei como agradecer... (*resposta incompreensível*) Então, até domingo. (*Risos.*)

(*Paulina oculta o revólver e se esconde atrás das cortinas. O carro se afasta e o palco fica iluminado apenas pelo luar. Entra Gerardo.*)

GERARDO — Paulina? Cadê você, meu bem? Mas que breu... (*Vê Paulina escondida. Acende uma luz.*) Que é que você está fazendo aí, Paulineta linda, minha flor? Desculpa a demora... eu...
PAULINA (*tentando não parecer nervosa*) — Quem era?
GERARDO — É que...
PAULINA — Quem te trouxe?
GERARDO — ... é que eu tive um... Calma, está tudo bem, não foi um acidente, só o pneu do carro é que furou. Felizmente um cara parou pra me ajudar. Mas por que você está no escuro? (*Acende outra luz. Vê a mesa posta.*) Ah, que pena, deve ter esfriado...
PAULINA (*muito calma até o fim da cena*) — Tudo bem, dá pra esquentar. Desde que a gente tenha o que comemorar, né? (*Pausa.*) Você tem o que comemorar, Gerardo?
GERARDO — Você é que sabe. (*Pausa longa. Tira um prego enorme do bolso.*) Sabe o que é isto

aqui? O filho da puta do prego que furou o pneu. E sabe o que qualquer motorista faz quando isso acontece...? Ele para e troca o pneu. Isso se o estepe também não estiver furado, certo? Se a mulher do tal motorista tiver mandado consertar o bendito estepe, certo?

PAULINA — A mulher. Sempre a mulher. Isso é com você.

GERARDO — Desculpa, meu amor, mas o combinado era que...

PAULINA — É com você. Eu cuido da casa, e você de vez em quando pode cuidar do...

GERARDO — Você não quer ter empregada, mas depois...

PAULINA — ... carro, pelo menos.

GERARDO — ... depois você reclama...

PAULINA — Eu nunca reclamo.

GERARDO — Essa discussão é absurda. Por que estamos brigando? Até já me esqueci...

PAULINA — Não estamos brigando, meu amor. Foi você que me acusou de não ter consertado o seu pneu.

GERARDO — *Meu* pneu?

PAULINA — ... e eu respondi com jeitinho que...

GERARDO — Calma, vamos esclarecer isso de uma vez por todas. Você não ter mandado consertar o pneu, o *nosso* pneu, vá lá. Mas tem outro probleminha. O macaco.

PAULINA — Que macaco?

GERARDO — Boa pergunta. Que macaco? O que

você fez com o meu macaco? Porque ele também não estava lá...
PAULINA — Como assim? Você tinha um macaco no carro pra te ajudar a trocar o pneu?...

(Gerardo ri, toma a mulher nos braços e a beija.)

GERARDO — Agora falando sério: o que você fez com o macaco do carro, afinal?
PAULINA — Emprestei pra minha mãe.
GERARDO *(desfazendo o abraço)* — Pra sua mãe?
PAULINA — É, pra minha mãe.
GERARDO — E posso saber por quê?
PAULINA — Pode. Porque ela estava precisando.
GERARDO — Ah, sei! Já eu, ou melhor, nós não precisamos... Você não pode... Meu amor, você não podia ter feito isso.
PAULINA — A mamãe ia viajar pro sul e estava realmente precisando, já você...
GERARDO — Já eu, que me foda.
PAULINA — Não senhor.
GERARDO — Sim senhora. Eu recebi um telegrama, precisei sair voando pra capital pra me encontrar com o presidente, na reunião mais importante da minha vida, e aí...
PAULINA — Aí...?
GERARDO — E aí me apareceu um prego filho da puta pra furar o pneu. Ainda bem que não foi na ida que esse filho da... Aí eu fiquei lá na estrada feito um idiota, sem estepe e sem

macaco... Paulina, não sei se isso entra na sua linda cabecinha...

PAULINA — A minha linda cabecinha sabia que alguém ia te ajudar. Pelo menos a garota era bonita? Sexy?

GERARDO — Já falei que foi um homem.

PAULINA — Não falou coisa nenhuma.

GERARDO — Por que você sempre acha que vai ter uma mulher que...?

PAULINA — Por que será, hein? (*Pausa breve.*) Era simpático? O cara que...?

GERARDO — Simpaticíssimo. Ainda bem que ele...

PAULINA — Viu? Não sei como você faz, mas sempre dá um jeito pra que tudo acabe bem... Já minha mãe, se o pneu do carro dela furasse...

GERARDO — Você não imagina como eu fico feliz em pensar na sua mãe viajando tranquila pelo sul, enquanto eu passei horas...

PAULINA — Não exagera, vai...

GERARDO — Quarenta e cinco minutos. Contados no relógio. Os carros passavam como se eu fosse invisível. Quando as pessoas vão para a praia no fim de semana, parece que perdem todo o senso cívico... Aí comecei a agitar os braços feito doido, pra ver se assim... Mas nada, nem uma boa alma se dignou parar. Todo mundo neste país esqueceu o que é solidariedade, essa é que é a verdade. Ainda bem que apareceu esse senhor, Roberto Miranda é o nome dele. Eu o convidei pra tomar um...

PAULINA — Eu escutei.
GERARDO — No domingo, o que você acha?
PAULINA — Tudo bem.

(*Pausa.*)

GERARDO — Como a gente vai voltar na segunda... Quer dizer, como eu vou voltar. A não ser que você queira encurtar as férias e vir comigo.
PAULINA — Então você foi nomeado, é isso?

(*Pausa breve.*)

GERARDO — Isso mesmo.
PAULINA — É o auge da sua carreira.
GERARDO — Eu não diria o auge. Afinal, sou o mais novo da Comissão.
PAULINA — Auge mesmo vai ser quando te nomearem ministro da Justiça, né?
GERARDO — Isso já não depende de mim.
PAULINA — Você contou pra ele?
GERARDO — Pra quem?
PAULINA — Pro seu... bom samaritano.
GERARDO — Pro...? Mas se eu nem conheço o sujeito. Nunca tinha visto na vida... Além do mais, ainda não decidi se vou mesmo...
PAULINA — Você já decidiu, sim.
GERARDO — Pedi um dia pra dar a resposta. Disse que me sentia extremamente honrado com o convite, mas que precisava...

PAULINA — Você disse isso para o presidente?

GERARDO — É, para o presidente. Disse que precisava de um tempo pra pensar.

PAULINA — Eu não entendo o que você ainda tem que pensar. Você sabe muito bem que já decidiu, Gerardo. Você trabalhou anos e anos pra chegar aí, por que está fingindo que...

GERARDO — Porque antes eu tenho... você tem que me dizer que sim.

PAULINA — Então sim, pronto.

GERARDO — Não é desse sim que eu preciso.

PAULINA — É só esse que eu tenho pra dar.

GERARDO — Já escutei outros. (*Pausa breve.*) Se eu aceitar, vou ter que contar com você, ter certeza de que você não vai sentir que a nova situação pode te criar algum tipo de... Sei lá, pode ser difícil pra você... Se você tiver uma recaída, vou ficar...

PAULINA — Vulnerável. Paralisado. Porque vai ter que cuidar de mim de novo, é isso?

GERARDO — Não seja injusta, Paulina. (*Pausa breve.*) Você me recrimina por ter cuidado de você? E por querer continuar cuidando...?

PAULINA — E você contou para o presidente que a sua esposa pode ter problemas com...

(*Pausa.*)

GERARDO — Ele não sabe. Ninguém sabe. Nem a sua mãe.

PAULINA — Tem gente que sabe, sim.

GERARDO — Não estou falando dessa gente. Ninguém no novo governo sabe. Quer dizer, não é um fato público, porque você... porque a gente nunca fez a denúncia...
PAULINA — Só os casos de morte, né?
GERARDO — Não entendi, Paulina.
PAULINA — A Comissão. Ela só cuida dos casos de morte.
GERARDO — A Comissão investiga os casos de morte ou com presunção de morte.
PAULINA — Só os casos graves.
GERARDO — A ideia é que, esclarecendo os maiores horrores, vamos jogar luz sobre...
PAULINA — Só os casos graves.
GERARDO — Digamos que os casos... irreparáveis.
PAULINA (*lentamente*) — Irreparáveis.
GERARDO — Não gosto de falar disso, Paulina.
PAULINA — Nem eu.
GERARDO — Mas vamos ter que falar, concorda? Vou passar meses colhendo depoimentos que... E toda vez que eu voltar pra casa... vou... Acho que você vai querer que eu te conte tudo... E se isso for insuportável pra você, se... se você... (*Tomando-a nos braços.*) Se você soubesse como eu te amo. Se soubesse como ainda me dói.

(*Pausa breve.*)

PAULINA (*sem se desvencilhar, ferozmente*) — Sim! Sim! Sim! É esse o sim que você quer?

GERARDO — É esse o sim que eu quero.

PAULINA — É preciso estabelecer toda a verdade. Promete pra mim que...

GERARDO — Toda. Toda a que for possível... comprovar. (*Pausa.*) Estamos...

PAULINA — De mãos atadas.

GERARDO — Com os movimentos limitados, digamos. Mas dentro desses limites dá pra fazer muita coisa... Vamos publicar os resultados. Um livro oficial relatando o que aconteceu, para que ninguém possa negar o que foi feito, para que nunca mais nosso país padeça os excessos que...

PAULINA — E depois? (*Gerardo não responde.*) Os parentes das vítimas são ouvidos, os crimes são relatados, mas e os criminosos?

GERARDO — Depois encaminhamos tudo o que apurarmos para os tribunais de Justiça, para que eles determinem se cabe ou não...

PAULINA — Tribunais? De Justiça? Os mesmos tribunais que nos dezessete anos de ditadura nunca mexeram um dedo pra salvar uma vida que fosse? Você vai encaminhar seu relatório pro juiz Peralta? O mesmo que mandou aquela pobre mulher parar de encher a paciência, porque o marido dela não estava desaparecido, mas devia ter fugido com uma mulher mais nova e atraente? Tribunais de Justiça, você disse? De Justiça?

(*Paulina começa a rir suavemente, mas com certa histeria subterrânea.*)

GERARDO — Paulina, Paulina... Chega, Paulina. (*Ele a toma nos braços. Ela vai se acalmando.*) Sua bobinha. Minha bobinha linda. (*Pausa breve.*) Imagina se fosse você lá na estrada, sozinha, com o pneu furado, os carros passando direto, os faróis passando que nem raios, sem que ninguém... Já pensou no que podia...

PAULINA — Alguém acabaria parando. Provavelmente esse mesmo... Miranda?

GERARDO — É bem provável. Pelo jeito, ele vive resgatando órfãos e amparando donzelas.

PAULINA — Assim como você faz?

GERARDO — Pois é, almas gêmeas.

PAULINA — Então ele deve ser boa gente.

GERARDO — Gente boníssima. Se não fosse ele... Eu o convidei pra vir aqui no domingo. Tudo bem pra você?

PAULINA — Tudo bem. Fiquei com medo. Ouvi um carro chegar, e não era o seu.

GERARDO — Mas não tinha perigo nenhum.

PAULINA — É, não tinha. (*Pausa breve.*) Gerardo. Você já disse sim para o presidente, não é? Fala a verdade, Gerardo. Ou vai começar seu trabalho na Comissão com uma mentira?

GERARDO — Eu só não queria te magoar.

PAULINA — Você falou para o presidente que aceitava? Antes de me consultar? (*Pausa breve.*)

GERARDO — Sim. Eu já disse que sim. Antes de te consultar.

(*As luzes se apagam.*)

Cena 2

Uma hora mais tarde. Palco vazio. O luar, agora mais fraco, continua iluminando a sala. Ouve-se o barulho de um carro chegando. A luz dos faróis varre o cômodo e em seguida se apaga. Som da porta do carro abrindo e fechando. Batidas na porta da casa, primeiro tímidas, em seguida mais fortes.
    Uma luz se acende em off no quarto dos Escobar e imediatamente se apaga. Ouve-se a voz de Gerardo.

GERARDO — Calma, Pauli, calma. Ninguém vai nos... (*Continuam batendo na porta, cada vez mais forte.*) Não tem motivo pra... Tá bom, amor, tá bom, vou tomar cuidado.

(*Gerardo entra na sala, de pijama. Acende a luz.*)

GERARDO — Já vai! Já vai! (*Vai até a porta e abre. Fora está Roberto Miranda.*) Ah, é você.
ROBERTO — Desculpe, eu... pensei que você ainda estivesse acordado, comemorando.

GERARDO — Entre, por favor. (*Roberto entra na casa.*) É que a gente ainda não se acostumou.
ROBERTO — Como assim, não se acostumou?
GERARDO — À democracia. A pensar que, quando alguém bate na porta no meio da noite, pode ser um amigo, e não...

(*Paulina sai na varanda e começa a escutar a conversa. Os homens não podem vê-la.*)

ROBERTO — E não um desses filhos da puta, não é?
GERARDO — E minha mulher... ela está um pouco nervosa... Por isso não leve a mal... Desculpe se ela não vem... E que a gente tenha que falar mais baixo...
ROBERTO — Imagine, era o que faltava, pois se eu...
GERARDO — Sente-se, por favor, fique à vontade.
ROBERTO — Só dei uma passada, para... É só um minuto, viu? Você deve estar se perguntando por que apareci assim de repente... Acontece que, quando eu estava indo para casa, não sei se você se lembra que o rádio estava ligado, lembra que...
GERARDO — Aceita uma bebida, pelo menos? Não posso oferecer o famoso *pisco sour* que minha mulher prepara... Mas tenho um conhaque que eu trouxe de uma viagem e que...

(*Paulina se aproxima, escondida, para ouvir melhor.*)

ROBERTO — Não, muito obrigado, eu... Bom, só um

dedinho. Então, o rádio estava ligado e... fiquei pasmo quando de repente ouvi seu nome no noticiário. Na hora que deram o nome dos membros da Comissão Presidencial de Investigação e falaram "dr. Gerardo Escobar", eu pensei: "Esse nome não me é estranho". Mas quem é? De onde eu o conheço? Aquilo ficou batendo na minha cabeça, e só quando cheguei em casa lembrei que era você, e aí também lembrei que seu estepe tinha ficado no meu porta-malas e que amanhã você ia ter que consertar esse pneu e... Bom, na verdade... quer mesmo saber a verdade?

GERARDO — Adoraria.

ROBERTO — Eu pensei: "O que esse homem vai fazer, o que esse homem está fazendo pelo país é tão importante... para que este país se reconcilie consigo mesmo, para acabar com as divisões e os ódios do passado". Você vai ter que viajar pelo país colhendo depoimentos, não é?

GERARDO — É, vou sim, mas também não é pra tanto...

ROBERTO — Aí pensei lá comigo: "Esse homem está fazendo isso por nós, por mim, por todos, todo esse sacrifício... E o mínimo que eu posso fazer é ir lá entregar o estepe dele, porque, morando lá naquele fim de mundo, só falta ele ainda ter que perder tempo com isso, o tempo dele deve ser muito valioso", eu pensei.

GERARDO — Deixe disso, assim você me faz sentir...

ROBERTO — Essa Comissão vai nos permitir virar uma página muito dolorosa da nossa história, daí eu pensei: "Estou sozinho neste fim de semana, preciso ajudar... por menos que seja"...

GERARDO — Você podia ter esperado até amanhã...

ROBERTO — E se você acordasse de madrugada para ir pegar o carro e só quando chegasse lá percebesse que estava sem o estepe, e aí tivesse que se abalar até a minha casa? Não senhor, eu tinha que trazer aqui e aproveitar para dizer que posso ir com você de manhã até o borracheiro e depois até onde seu carro ficou na estrada, para trocar o pneu com o meu macaco... Por falar nisso, cadê o seu? O que aconteceu com o seu macaco? Você descobriu o quê...

GERARDO — Minha mulher emprestou para a mãe dela.

ROBERTO — Para a mãe dela?

GERARDO — Sabe como são as mulheres...

ROBERTO (*rindo*) — Nem me diga, meu amigo! O último dos mistérios. Mesmo quando tivermos penetrado todas as fronteiras, a alma feminina ainda continuará insondável. Sabe o que Nietzsche escreveu? Acho que foi Nietzsche, se não me engano. Que nunca poderemos possuir essa alma feminina. E olha que o velho Nietzsche nunca se viu no meio da estrada sem macaco por causa de uma mulher.

GERARDO — Sem macaco e sem estepe.

ROBERTO — É, e sem estepe. Mais um motivo pra

você aceitar minha ajuda e resolver o problema numa manhã...

GERARDO — Mas seria abusar do seu...

ROBERTO — Imagine. Eu gosto de ajudar as pessoas, você sabe disso... Sou médico, acho que já comentei, não é? Portanto as emergências são meu pão de cada dia. Claro que eu não ajudo apenas pessoas importantes, não acredito que...

GERARDO — Se você soubesse onde estava se metendo, acho que teria pisado no acelerador quando me viu na estrada.

ROBERTO (*rindo*) — Bem fundo! Falando sério, não é incômodo nenhum, mas uma honra. Na verdade, eu vim aqui para lhe dar os parabéns, para dizer que... é isso que o país precisa, saber a verdade de uma vez por todas...

GERARDO — O que o país precisa é de justiça, mas se pudermos estabelecer a verdade...

ROBERTO — É o que eu sempre digo. Mesmo que não seja possível julgar esses criminosos, mesmo que eles tirem proveito dessa aberração de anistia... Pelo menos seus nomes vão ser conhecidos...

GERARDO — Todos os nomes vão permanecer em segredo. Não cabe à Comissão revelar nenhum...

ROBERTO — Ora, neste país, tudo acaba vazando. E uma hora seus filhos e netos vão perguntar para eles: é verdade que você fez isso de que estão te acusando? E eles vão ter que mentir, vão dizer que nunca, imagine, são calúnias, uma conspiração comunista, sei lá que bobagens, mas a verdade vai estar estampada na cara, e os próprios filhos e netos vão ter pena e nojo deles. Não é a mesma coisa que serem presos, mas...

GERARDO — Quem sabe um dia...

ROBERTO — Tomara. Se a população se indignar e pressionar, talvez a Lei da Anistia também possa ser revogada.

GERARDO — Isso não compete à nossa Comissão. Nós só reunimos antecedentes, ouvimos testemunhas, investigamos...

ROBERTO — Minha vontade era matar esses filhos da puta, mas estou vendo...

GERARDO — Lamento discordar, Roberto, mas acho que a pena de morte não é solução...

ROBERTO — Então vamos ter mesmo que discordar, Gerardo. Certas pessoas não merecem viver. Mas o que eu ia dizendo é que, na minha opinião, vocês vão ter um problema mais ou menos sério...

GERARDO — Vamos ter muitos problemas sérios. Pra começar, o Exército vai fazer de tudo para nos impedir de... Eles já disseram ao presidente que consideram essa investigação uma afronta, que acham inaceitável remexermos nas feridas do passado. Felizmente, ele não se intimidou, mas...

ROBERTO — Sendo assim, é bem capaz que você esteja certo e no fim não se saiba quem são eles.

Está na cara que formam uma espécie de... confraria, irmandade.

GERARDO — Máfia.

ROBERTO — Isso. Uma máfia. Ninguém abre a boca, e todos dão cobertura uns aos outros. Se o que você está dizendo for mesmo verdade, os militares não vão deixar nenhum dos seus homens depor, e se vocês os convocarem vão mandar a Comissão pra puta que pariu... Aí, tudo isso que eu acabei de dizer sobre os filhos e netos dos criminosos, no fim das contas, talvez...

GERARDO — Pode ser que não. O presidente me adiantou... Mas muito aqui entre nós, hein?...

ROBERTO — Fique sossegado.

GERARDO — Ele me falou que tem gente disposta a depor, desde que seja sob sigilo, entende?, com todas as garantias de confidencialidade. E aí, depois que o primeiro abrir a boca, vai vir uma enxurrada impressionante de nomes... Como você disse, neste país tudo acaba vazando.

ROBERTO — Eu adoraria ser tão otimista. Mas receio que certas coisas nunca vão vazar.

GERARDO — Nossos movimentos são limitados, mas nem tanto, meu amigo. No mínimo, devemos conseguir uma condenação moral... Já que os tribunais...

ROBERTO — Deus te ouça. Mas (*consulta o relógio*)... meu Deus, são duas da manhã! Olha, eu passo pra te pegar amanhã, digamos às... que tal às nove? Assim dá tempo de...

GERARDO — Por que você não dorme aqui? A não ser que alguém esteja te esperando em casa...
ROBERTO — Não, ninguém.
GERARDO — Bom, se você está sozinho...
ROBERTO — No momento, estou, sim. Minha mulher está viajando com as crianças. Foram para a Disneylândia... Como eu não gosto de viajar e, além disso, tenho meus pacientes, preferi ficar sozinho, aproveitar o tempo para ouvir meus quartetos, ficar olhando o mar. Mas eu vim aqui pra ajudar, não pra incomodar. É melhor eu ir e...
GERARDO — Imagine, não é incômodo nenhum. Você fica. Temos cama pra hóspedes. Quanto tempo leva daqui até sua casa?... Meia hora ou até mais.
ROBERTO — Por volta de quarenta minutos, pela estrada do mar, e se eu for bem rápido...
GERARDO — Não se fala mais nisso. Você fica. A Paulina vai adorar. Você vai ver que belo café da manhã ela vai preparar para nós...
ROBERTO — Bom, com esse argumento do café da manhã, você acabou de me convencer. Nem leite eu tenho em casa. E, pra ser bem sincero, estou exausto... Onde fica o banheiro?

(*Paulina sai rapidamente da varanda e vai para o quarto.*)

GERARDO — Logo ali. Não sei se você precisa de

mais alguma coisa... Escova de dentes é a única coisa que eu realmente não posso...
ROBERTO — Está aí uma coisa que a gente nunca deve compartilhar, meu amigo.

(*Gerardo ri e sai para um lado, Roberto para outro. Ouve-se a voz de Gerardo em off.*)

GERARDO — Paulina, amor... está me ouvindo? Escuta, meu bem, só pra você não se assustar... Roberto Miranda, o médico que me ajudou na estrada, vai ficar pra dormir, porque amanhã ele vai me levar... Amor, está me ouvindo?
PAULINA (*também em off, com voz forçadamente sonolenta*) — Estou sim, meu bem.
GERARDO — Só pra você saber que é um amigo. Não precisa ficar com medo. Amanhã você prepara um belo café da manhã pra gente, tá bom?...

(*Silêncio total, quebrado apenas pelo barulho do mar.*)

Cena 3

Passaram-se alguns minutos. Uma nuvem encobre a lua. Barulho do mar. Silêncio. Paulina aparece na sala, vestida. Na penumbra do luar, pode-se ver que ela vai até uma gaveta e pega o revólver. Em suas mãos também se vê, vagamente, o que parece ser um par de meias-calças. Seu vulto atravessa a sala até a entrada do quarto onde Roberto está dormindo. Aguarda um pouco junto à porta, escutando. Entra no quarto. Passam-se alguns instantes. Ouve-se um ruído confuso, como uma pancada e um grito abafado. Depois de um instante de silêncio, ela volta para a sala, dirige-se à porta do quarto de casal e a tranca por fora. Em seguida, vê-se seu vulto entrando novamente no quarto de hóspedes e voltando para a sala arrastando algo que parece ser um corpo, que logo será identificado como Roberto Miranda. Mais ruídos. Ela ergue o corpo trabalhosamente e o amarra a uma cadeira. Volta a entrar no quarto de hóspedes e regressa em seguida com o que parece ser o paletó de Miranda, de onde tira um molho de chaves. Dá alguns passos em direção à porta da rua, mas em seguida se detém. Volta até o corpo de Miranda. Tira a calcinha e a enfia na boca dele.

Paulina sai de casa. Ouve-se o motor do carro de Miranda e os faróis se acendem rapidamente. Ao varrerem o palco por um instante, quando o carro manobra, vê-se que é mesmo Roberto Miranda quem está amarrado a uma das cadeiras, desacordado e amordaçado. O carro se afasta. Escuridão.

Cena 4

Está amanhecendo.

Roberto abre os olhos. Tenta se levantar e percebe que está amarrado. Começa a se debater desesperadamente. Paulina está deitada num sofá diante dele, com o revólver nas mãos. Roberto olha para ela, apavorado.

PAULINA — Bom dia, doutor... Miranda. Dr. Miranda. (*Empunha o revólver e aponta para Roberto, como que de brincadeira.*)

    O senhor não é parente dos Miranda de San Fernando? Eu tinha uma colega na faculdade com sobrenome Miranda, Ana María Miranda, a Anita, muito estudiosa, com uma memória ótima, a gente a chamava de "nossa pequena enciclopédia", não sei o que foi feito dela, deve ter se formado em medicina, assim como o senhor. Eu não terminei o curso, dr. Miranda. Será que o senhor desconfia por que eu não terminei o curso, por que nunca me formei? Aposto que descobre fácil, fácil.

Felizmente, apareceu o Gerardo e... bom, eu não diria que ele estava me esperando, mas digamos que me amava de verdade... e aí não precisei mais voltar à faculdade para tirar o diploma. Sorte a minha, porque acabei pegando... fobia não é a palavra exata, birra... isso, peguei birra da profissão. Mas nada na vida é definitivo, dizem, e numa dessas ainda volto a prestar ou peço minha reintegração ao curso. Li em algum lugar que estão aceitando pedidos de jubilados.

Mas o senhor deve estar com fome, e eu tenho que preparar o café da manhã. Um belo café da manhã, não é? O senhor gosta de... deixa eu ver, acho que presunto com maionese, certo? Lá eram sanduíches de presunto com o pão untado de maionese, acho... Não temos maionese, mas presunto sim, o Gerardo também gosta. Desculpe a falta da maionese. Mas já vamos dar um jeito nisso. Vou descobrindo suas outras preferências.

Espero que não se importe que por enquanto isto seja um monólogo. Logo chegará a sua vez de falar, doutor. Acontece que eu não queria tirar essa... mordaça, é assim que se chama isso na sua boca, né? Não queria tirar sua mordaça antes do Gerardo acordar. Coitado, ele está tão cansado... mas daqui a pouco vou ter que acordá-lo. Já comentei que chamei o guincho? Deve estar pra chegar.

(*Vai até a porta do quarto de casal e a abre.*)

Na verdade, sinceramente, o senhor parece entediado. Quer ouvir um pouco de música enquanto preparo um belo café da manhã? Tenho leite, sim… Que tal alguma coisa de Schubert? *A Morte e a Donzela*? Não se importa que eu tenha pegado a fita no seu carro, né, doutor?

(*Vai até o aparelho de som e coloca a fita cassete. Começa a tocar* A Morte e a Donzela, *de Schubert.*)

Sabe há quanto tempo eu não escutava esse quarteto? Pelo menos tento não escutar. Quando toca no rádio, logo desligo e até evito sair, sabe? Peço desculpas pro Gerardo, e ele acaba indo sozinho. Mas, se um dia ele chegar a ministro, vou ter que acompanhá-lo. Uma noite fomos jantar na casa de… eram umas pessoas importantes, dessas que aparecem na coluna social… e uma hora a dona da casa colocou Schubert, era uma sonata para piano, e eu pensei: vou levantar e desligar o som ou simplesmente levantar e ir embora, mas meu corpo decidiu por mim, porque me deu uma tontura, de repente passei mal e precisei ir embora com o Gerardo, e os outros ficaram lá ouvindo Schubert sem saber o que tinha provocado meu mal-estar. Por isso eu rezo pra nunca tocarem Schubert. Estranho, né?, porque ele era, e eu diria… sim, eu diria que ainda é, meu compositor favorito, sabe?, com essa tristeza suave, nobre… Mas prometi a mim mesma que uma hora eu ainda ia recuperar meu Schubert. Muita coisa talvez possa mudar daqui pra frente, né? Quase joguei fora todos os Schubert que eu tinha, veja que loucura.

Acho que agora vou conseguir ouvir o meu Schubert de novo, assistir de novo a algum concerto, como a gente costumava fazer quando... Sabia que Schubert era homossexual? Claro que sabia, o senhor vivia repetindo isso pra mim, bem aqui no meu ouvido, enquanto tocava *A Morte e a Donzela*. Essa fita que eu encontrei no seu carro é a mesma que o senhor punha pra tocar lá, dr. Miranda? Ou o senhor todos os anos troca de fita, para que o som soe sempre... límpido? (*Vai até a porta do quarto e diz a Gerardo:*) Que maravilha esse quarteto, não é, Gerardo? (*Ela volta ao sofá. Depois de um instante, Gerardo entra, sonolento.*) Bom dia, meu amor. Desculpa, mas o café da manhã ainda não está pronto.

(*Ao ver Gerardo, Roberto faz esforços desesperados para se soltar. Gerardo olha atônito para a cena.*)

GERARDO — Paulina! O que está acontecendo aqui? O que é... mas que loucura é essa? Roberto... dr. Miranda, eu...

(*Avança em direção a Roberto.*)

PAULINA — Não toque nele.

GERARDO — O quê?

PAULINA (*erguendo o revólver*) — Não toque nele.

GERARDO — Mas o que está acontecendo aqui, que loucura é...?

PAULINA — É ele!

GERARDO — Larga já esse...

PAULINA — É ele, é ele.

GERARDO — Quem?

PAULINA — O médico.

GERARDO — Que médico?

PAULINA — Aquele que tocava Schubert. (*Pausa breve.*)

GERARDO — Aquele que tocava Schubert.

PAULINA — Aquele médico.

GERARDO — Como é que você sabe?

PAULINA — Pela voz.

GERARDO — Mas se você estava... Você disse que passou os dois meses...

PAULINA — De olhos vendados, sim. Mas eu ouvia... tudo.

GERARDO — Você está doente.

PAULINA — Não estou doente.

GERARDO — Está doente.

PAULINA — Que seja, estou doente então. Mas mesmo doente posso reconhecer uma voz. Além disso, quando somos privados de um sentido, os outros se aguçam para compensar. Não é mesmo, dr. Miranda?

GERARDO — A vaga lembrança de uma voz não é prova de nada, Paulina.

PAULINA — É a voz dele. Reconheci assim que ele entrou aqui ontem à noite. É a risada dele, o jeito de falar.

GERARDO — Mas isso não é...

PAULINA — Pode ser pouco, mas pra mim é o bastante. Durante todos esses anos, nunca deixei de escutar essa voz, nem por um minuto sequer, aqui no meu ouvido, babando no meu ouvido. Ou você acha que dá pra esquecer uma voz dessas? (*Fazendo voz de homem.*)

"Pode aumentar a força, que essa puta aguenta. Aumenta."

"Tem certeza, doutor? Só falta essa desgramada morrer na mão da gente."

"Ela ainda está longe de desmaiar. Aumenta a força."

GERARDO — Paulina, por favor, guarda essa arma.

PAULINA — Não.

GERARDO — Enquanto você estiver apontando esse revólver pra mim, não dá pra conversar.

PAULINA — Muito pelo contrário, quando eu parar de apontar este revólver pra você, a conversa acaba. Porque aí você vai usar a força física para impor o seu ponto de vista.

GERARDO — Paulina, o que você está fazendo é muito grave.

PAULINA — Irreparável, não é?

GERARDO — Irreparável, sim, pode ser irreparável. Dr. Miranda, por favor nos perdoe... Minha mulher tem estado...

PAULINA — Não se atreva. Não se atreva a pedir perdão a essa merda humana.

GERARDO — Desamarra o doutor, Pauli.

PAULINA — Não.

GERARDO — Então eu desamarro. (*Dá um passo na direção de Miranda. De repente, Paulina atira, para baixo. Ela mesma leva um susto. Gerardo dá um salto, recuando para longe de Roberto, que, por sua vez, entra em desespero.*) Não atira, Pauli, não atira de novo. Me dá aqui essa arma. (*Silêncio.*) Você não pode fazer isso.

PAULINA — Até quando você vai ficar me dizendo o que eu posso ou não posso fazer? Se eu posso isso ou não posso aquilo? Eu fiz, pronto.

GERARDO — Contra esse homem que só tem culpa de... que você só poderia acusar nos tribunais de ter...? (*Paulina deixa escapar uma risada entrecortada e sarcástica.*) Isso mesmo, nos tribunais, por mais corruptos, venais e covardes que sejam... A única acusação que você poderia fazer contra ele é ter parado numa estrada onde eu estava abandonado, me trazer até em casa e depois se oferecer pra ir pegar...

PAULINA — Ah, eu ia me esquecendo de dizer que o guincho vai chegar logo mais. Aproveitei pra chamar o resgate de um telefone público na estrada, de manhã cedo, quando saí pra esconder o carro do seu bom samaritano. Então, vai se vestir, que já deve estar chegando.

GERARDO — Por favor, Paulina, vamos ser razoáveis, agir com...
PAULINA — Você pode ser razoável. Eles nunca fizeram nada com você.
GERARDO — Fizeram, sim, claro que fizeram, mas isso aqui não é um concurso de horrores... Não estamos competindo, porra. Olha, mesmo que esse homem seja o médico que você diz, e eu sei que não é, não tem por que ser, mas suponhamos que fosse... mesmo nesse caso, que direito você tem de mantê-lo assim? Veja bem o que você está fazendo, Paulina, meça as consequências de agir desse...

(*Ouve-se o motor de uma caminhonete do lado de fora. Paulina corre até a porta, abre e grita.*)

PAULINA — Já vai! Já vai! (*Fecha a porta e dirige-se a Gerardo.*) Vai se vestir logo, é o guincho. O estepe está lá fora. Também tirei o macaco dele.
GERARDO — Você roubou o macaco do doutor?
PAULINA — Assim podemos deixar o nosso com a mamãe.

(*Pausa breve.*)

GERARDO — E se eu chamar a polícia?
PAULINA — Duvido. Você confia demais no seu poder de persuasão. E sabe que, se a polícia aparecer aqui, eu meto uma bala na cabeça desse

médico. Você sabe disso, não sabe? (*Pausa breve.*) E depois na minha...

GERARDO — Paulineta... Paulineta linda. Você está... irreconhecível. Como pode ter ficado assim?

PAULINA — Explique pro meu marido, dr. Miranda, o que o senhor fez comigo pra eu ficar tão... louca.

GERARDO — Posso saber o que você está pensando em fazer, Paulina?

PAULINA — Eu não. Nós dois. Vamos julgá-lo, Gerardo. Vamos julgar o dr. Miranda. Você e eu. Ou a sua famosa Comissão de Investigação vai fazer isso?

(*As luzes se apagam.*)

FIM DO PRIMEIRO ATO

Segundo ato

Cena 1

Início da tarde.
Roberto na mesma posição, Paulina de costas para ele olhando o mar pela janela, balançando-se lentamente enquanto fala.

PAULINA — E quando me soltaram... sabe pra onde eu fui? Pra casa dos meus pais eu não podia ir... naquela época, estávamos rompidos, eles eram tão pró-militares, minha mãe eu via muito de vez em quando... Que coisa, não?, eu contar tudo isso para o senhor agora, como se fosse meu confessor. Coisas que nunca contei nem para o Gerardo, nem para minha irmã, muito menos para minha mãe... enquanto pro senhor eu posso dizer exatamente o que se passa, o que se passava na minha cabeça quando me soltaram.

    Naquela noite eu estava... bom, por que descrever como eu estava, doutor, se o senhor me examinou a fundo antes de me soltarem? Como é bom estarmos assim, não é? Como dois velhos tomando sol num banco da praça. (*Roberto se mexe, como se quisesse falar ou se soltar.*) Está com fome? Não é pra tanto. Vai ter que esperar o Gerardo voltar. (*Fazendo voz de homem.*) "Está com fome? Quer comer? Vou te alimentar, gostosa, vou te dar uma coisa bem grande e suculenta pra você esquecer a fome." (*Com a própria voz.*) Do Gerardo o senhor não sabe nada... Quer dizer, nunca soube. Nunca deixei escapar o nome dele. Seus colegas me perguntavam: "Uma fêmea tão gostosa, com um bucetão desses, não fica sem macho... Alguém deve estar comendo a senhorita, hein? Fala aí pra gente quem é o felizardo". Mas eu nunca soltei o nome dele. Que coisa, não? Se eu tivesse mencionado o Gerardo, o senhor não teria cometido o erro crasso de vir aqui ontem arrancar informações dele. Foi pra isso que o senhor veio, né? E se eu tivesse mencionado o Gerardo, ele agora não teria sido nomeado para a comissão de investigação, e outro advogado estaria investigando o seu caso. Aí eu iria depor nessa comissão e diria que conheci o Gerardo asilando as pessoas... levava para as embaixadas, foi o que eu fiz logo depois do golpe. Na época eu estava disposta a fazer qualquer coisa, incrível como eu não tinha medo de nada naquele momento. Mas o que eu estava dizendo?... Ah, sim, estava contando daquela noite. Naquela noite, assim como o senhor ontem, eu vim bater nessa porta, e quando o Gerardo finalmente abriu parecia um pouco alterado, com o cabelo... (*Ouve-se o barulho de um carro parando em frente à casa. Em seguida, uma porta de automóvel abrindo e fechando. Paulina vai até a mesa e pega o revólver. Gerardo entra.*) Correu tudo bem com o carro? Foi fácil consertar o...

GERARDO — Paulina. Você vai me escutar.

PAULINA — Claro. Alguma vez deixei de te escutar?

GERARDO — Senta. Quero que você se sente e me escute, mas de verdade. (*Paulina se senta.*) Você sabe que eu passei a vida defendendo o Estado de Direito. Se tem uma coisa que me revoltava no regime militar...

PAULINA — Chama logo de fascistas.

GERARDO — Não me interrompa! Se tinha uma coisa que me revoltava neles era acusarem tantos homens e mulheres, assumirem o papel de juízes, de acusadores e executores, sem dar às pessoas que condenaram a menor garantia, nenhuma chance de defesa. Mesmo que esse homem tenha cometido os piores crimes do universo, ele tem o direito de se defender.

PAULINA — Mas eu não vou negar a ele esse direito, Gerardo. Você vai ter todo o tempo do mundo pra orientar seu cliente a sós. Só estava esperando você chegar para abrir oficialmente os trabalhos. Pode tirar dele essa... (*Gesticula para Gerardo. Enquanto este vai tirando a mordaça de Roberto, Paulina aponta para o gravador.*)

Fique sabendo que tudo o que ele disser será gravado aqui.

GERARDO — Pelo amor de Deus, Paulina, para com isso. Deixa ele falar... (*Pausa breve. Paulina liga o gravador.*)

ROBERTO (*limpa a garganta, tossindo; em seguida, com voz rouca e baixa*) — Água.

GERARDO — O quê?

PAULINA — Ele quer água, Gerardo. (*Gerardo corre para encher um copo d'água e o leva até os lábios de Roberto, que o bebe inteiro.*)

PAULINA — Está gostosa a água? Bem melhor do que tomar seu próprio xixi, né?

ROBERTO — Sr. Escobar, este abuso é imperdoável. Realmente, não tem o perdão de Deus.

PAULINA — Um momento. Um momento. Não diga nem mais uma palavra, doutor. Vamos ver se está gravando.

(*Ela aperta alguns botões e, em seguida, ouve-se a voz de Roberto.*)

VOZ DE ROBERTO NO GRAVADOR — Sr. Escobar, este abuso é imperdoável. Realmente, não tem o perdão de Deus.

VOZ DE PAULINA NO GRAVADOR — Um momento. Um momento. Não diga nem mais uma palavra, doutor. Vamos ver se está gravando.

(*Paulina para o gravador.*)

PAULINA — Muito bem, já temos aí uma declaração sobre o perdão. O dr. Miranda acredita que amarrar uma pessoa contra a vontade por algumas horas, privá-la de falar por poucas horas, é algo imperdoável, que não tem nem o perdão de Deus. E nós concordamos. Mais alguma coisa? (*Ela aperta outro botão.*)

ROBERTO — Senhora, eu não a conheço. Nunca a vi na vida. O que eu sei é que está muito doente. Mas o senhor não está doente, dr. Escobar. O senhor é um advogado, um defensor dos direitos humanos, um opositor do regime militar, assim como eu fui durante toda a minha vida. O senhor é responsável pelo que faz, e o que deve fazer agora é me desamarrar imediatamente. Fique sabendo que cada minuto que passa sem que me liberte o torna mais cúmplice, e terá que arcar com as consequências de...

PAULINA (*aproximando-se de Miranda com o revólver*) — Quem o senhor está ameaçando?

ROBERTO — Eu não estava...

PAULINA — Está ameaçando, sim. Vamos deixar uma coisa bem clara de uma vez por todas, doutor. Aqui suas ameaças não valem nada. Lá fora vocês ainda podem mandar, mas aqui por enquanto quem manda sou eu. Entendido?

(*Pausa.*)

ROBERTO — Preciso ir ao banheiro.
PAULINA — Mijar ou cagar?

GERARDO — Paulina! Sr. Miranda, nunca na vida ela falou assim...

PAULINA — Diga lá, doutor, está apertado na frente ou atrás?

ROBERTO — É em pé.

PAULINA — Pode desamarrar, Gerardo. Eu vou com ele.

GERARDO — Nada disso! Eu vou!

PAULINA — Eu levo. Não me olha assim, Gerardo. Não vai ser a primeira vez que ele vai tirar o negócio dele na minha presença. Vamos, doutor, levante. Não quero que mije no meu tapete.

(*Gerardo desamarra Roberto. Lenta e dolorosamente, Roberto vai mancando até o banheiro, com Paulina apontando a arma para ele. Depois de alguns momentos, ouve-se o ruído da micção e, em seguida, o da descarga. Enquanto isso, Gerardo desliga o gravador e caminha nervosamente de um lado para outro. Paulina volta com Roberto.*)

PAULINA — Amarra ele, Gerardo. (*Gerardo obedece.*) Mais forte.

GERARDO — Paulina, preciso conversar com você.

PAULINA — E quem te impede?

GERARDO — Só nós dois.

PAULINA — Não vejo por que temos que falar pelas costas do dr. Miranda. Eles discutiam tudo na minha frente...

GERARDO — Paulina, minha linda, eu te peço, não

seja tão difícil, por favor. Quero conversar com
você onde ninguém possa nos ouvir.

(*O casal vai para a varanda. Durante a conversa,
Roberto tentará se libertar, e conseguirá, aos poucos,
soltar as pernas.*)

GERARDO — E então, o que você pretende? O que
você pretende com esta loucura, mulher?

PAULINA — Já falei, julgar esse médico.

GERARDO — Julgar, julgar... Mas o que significa
julgar? Não podemos usar os métodos deles.
Nós somos diferentes. Tentar vingança desse...

PAULINA — Não é vingança. Vou dar a ele todas
as garantias que ele não me deu. Nem ele nem
nenhum dos seus... colegas.

GERARDO — E você vai trazer todos eles aqui, amarrar e julgar um por um?

PAULINA — Pra isso eu teria que saber o nome de
cada um, né?

GERARDO — ... e depois vai...

PAULINA — Matá-los? Matar esse médico? Como
ele não me matou, acho que não seria justo...

GERARDO — Bom saber, Paulina, porque, se você
pretende matar esse homem, vai ter que me
matar também. Juro que...

PAULINA — Calma. Não tenho a menor intenção de
matá-lo. Muito menos de te matar... Mas claro
que, pra variar, você não acredita em mim.

GERARDO — Então o que você vai fazer com ele?

Você vai... Tudo isso porque há quinze anos eles te...

PAULINA — Eles me... Que coisa, Gerardo. Termina a frase. (*Pausa breve.*) Você nunca quis dizer a palavra. Fala agora. Eles me...?

GERARDO — Se você mesma não queria falar, como é que eu ia fazer isso?

PAULINA — Fala agora.

GERARDO — Eu só sei o que você me contou naquela primeira noite... quando...

PAULINA — Fala. Eles me...?

GERARDO — Eles te...

PAULINA — Eles me...?

GERARDO — Eles te torturaram. Agora fala você.

PAULINA — Eles me torturaram. E o que mais? (*Pausa breve.*) O que mais eles fizeram comigo, Gerardo?

(*Gerardo vai até ela e a toma nos braços.*)

GERARDO (*sussurrando*) — Eles te violentaram.

PAULINA — Quantas vezes?

GERARDO — Muitas.

PAULINA — Quantas?

GERARDO — Você nunca me falou. "Perdi a conta", você disse.

PAULINA — Não é verdade.

GERARDO — O que não é verdade?

PAULINA — Que eu tenha perdido a conta. Sei exatamente quantas vezes. (*Pausa breve.*) E naquela noite, Gerardo, quando... comecei a te contar tudo, o que você jurou fazer? Lembra o que jurou fazer com eles se os encontrasse? (*Silêncio.*) Você disse: "Um dia, meu amor, vamos julgar todos esses filhos da puta. Você vai poder passear os olhos" — eu me lembro exatamente dessa frase, que achei quase poética —, "passear os olhos pelo rosto de cada um enquanto eles escutam suas acusações. Eu te juro". Então me diz: a quem eu posso recorrer agora, meu amor?

GERARDO — Isso foi há quinze anos.

PAULINA — Me diz, pra quem eu posso fazer as minhas acusações contra esse médico? Pra quem, Gerardo? Pra sua Comissão?

GERARDO — Minha Comissão... De que Comissão você está falando? Com essa sua loucura, você vai acabar inviabilizando toda a investigação que pretendíamos fazer. Vou ter que devolver o cargo.

PAULINA — Você sempre tão melodramático, não? Só espero que não faça tanto drama quando falar em nome da Comissão.

GERARDO — Ficou surda? Acabei de dizer que eu vou ter que sair da Comissão.

PAULINA — Não vejo por quê.

GERARDO — Você não vê, mas o resto do país vai ver, principalmente aqueles que não querem que nada seja investigado. Eles vão ver que um dos membros da Comissão Presidencial encarregada de investigar a violência desse período, que deveria mostrar prudência, isenção...

PAULINA — Vamos acabar morrendo de tanta isenção!

GERARDO — ... e objetividade, que um dos seus membros permitiu que um ser humano indefeso fosse sequestrado, amarrado e atormentado na própria casa desse membro da Comissão! Você sabe como os jornais que serviram a ditadura vão me crucificar, eles vão usar o episódio para difamar a Comissão e talvez acabar com ela. (*Pausa breve.*) Você quer que esses canalhas voltem ao poder? Quer que fiquem tão amedrontados que queiram voltar, pra garantir que não vamos mexer com eles? Você quer isso? Quer que voltemos ao tempo em que eles mandavam e desmandavam na nossa vida e na nossa morte? Solta esse homem, Paulina. Pede desculpas e solta. Pelo que conversei com ele, parece ser um cara democrático, que...

PAULINA — Ah, meu bem, tenha dó! Como eles te enrolam fácil... Olha, não quero causar problemas, nem a você nem, muito menos, à Comissão. Mas vocês lá só vão querer saber dos mortos, de quem não pode falar. E acontece que eu, sim, posso falar. Faz anos que eu não digo uma palavra, que eu não digo nada do que penso, faz anos que vivo com medo de mim mesma... Mas eu não estou morta, pensei que estivesse totalmente morta, mas estou viva e tenho algo a dizer... Então deixa eu fazer a minha parte, e você pode seguir tranquilamente com a Comissão. Prometo que este julgamento não vai trazer nenhum problema pra vocês, ninguém vai ficar sabendo disso.

GERARDO — Só se esse homem desistir de apresentar uma denúncia quando você soltá-lo. Se é que você vai fazer isso. Seja como for, vou ter que abandonar a Comissão, e quanto antes eu fizer isso, melhor.

PAULINA — Você vai ter que sair mesmo que ninguém fique sabendo de nada?

GERARDO — Sim.

(*Pausa.*)

PAULINA — Por causa da louca da sua mulher, que antes era louca porque não podia falar e agora é louca porque pode falar, é por isso que você vai ter que…?

GERARDO — Entre outras coisas, sim, já que você está tão interessada em saber a verdade.

PAULINA — Só a verdade verdadeira. (*Pausa breve.*) Espera aí. (*Vai até a sala e depara com Roberto prestes a escapar. Assim que a vê, ele fica estático. Paulina volta a amarrá-lo enquanto fala impostando a voz.*) "Não está gostando da nossa hospitalidade, é? Está com pressa de sair, vadia? Lá fora você não vai ter este seu macho aqui pra te dar o que você merece. Vai ficar com saudade, né?"

(*Paulina começa a passar as mãos pelo corpo de Roberto, lentamente, quase como num carinho. Ergue-se enojada, com ânsia de vômito. Volta para a varanda.*)

PAULINA — Não é só a voz dele que eu reconheço, Gerardo. (*Pausa breve.*) Também reconheço a pele, o cheiro. Eu reconheço a pele dele. (*Pausa.*) E se eu conseguir provar, sem a menor possibilidade de dúvida, que esse seu médico é culpado... mesmo assim você vai continuar querendo que eu o solte?

GERARDO — Sim. (*Pequena pausa.*) Principalmente se ele for culpado. Não me olha desse jeito. Imagina se todo mundo resolve fazer a mesma coisa. Você aplaca sua obsessão, faz justiça com as próprias mãos, fica tranquila, e os outros que se fodam... toda a transição, a democracia, vai tudo pro saco...

PAULINA — Nada vai pro saco! Ninguém vai ficar sabendo do que acontecer aqui!

GERARDO — Você só vai ter certeza disso se matar esse cara, e aí quem vai se foder é você, e eu junto. Solta ele, Paulina, pro bem do país, pro nosso bem.

PAULINA — E o meu próprio bem? Olha pra mim... olha pra mim.

GERARDO — Ai, meu amor, olha pra você, olha pra você. Você continua prisioneira deles, ainda está presa naquele porão onde te trancaram.

Por quinze anos você não fez nada da sua vida. Nada. Olha pra você, agora a gente tem a chance de recomeçar, de respirar. Será que não é hora de...?

PAULINA — Esquecer? Você está pedindo que eu esqueça?

GERARDO — Que você se liberte deles, Paulina, é isso que estou pedindo.

PAULINA — E aí deixamos esse homem livre pra ele voltar daqui a alguns anos?

GERARDO — Deixamos esse homem livre pra ele não voltar nunca mais.

PAULINA — E aí o encontramos no café Tavelli, e sorrimos, e ele nos apresenta sua mulher, nós sorrimos pra ela, comentamos como o dia está bonito e...

GERARDO — Você não precisa sorrir pra ele, mas é disso mesmo que se trata: de começar a viver.

(*Pausa breve.*)

PAULINA — Olha, Gerardo, vou propor um pacto.

GERARDO — Do que é que você está falando?

PAULINA — Estou falando de um pacto, de uma negociação. Não foi assim que eles fizeram a transição? Nos deixaram voltar à democracia, desde que eles mantivessem o controle da economia e das Forças Armadas. A Comissão pode investigar os crimes, desde que os criminosos não sejam punidos. Há liberdade pra falar de tudo, desde que nem tudo seja dito. (*Pausa breve.*) Pra você ver que eu não sou tão irresponsável nem tão... doente, estou propondo um acordo. Você quer que eu solte esse cara ileso, e o que eu quero... Quer mesmo saber o que eu quero?

GERARDO — Adoraria.

PAULINA — Ontem, quando ouvi a voz dele, a primeira coisa que pensei foi exatamente o que eu estava pensando sempre que você me flagrava, nesses anos todos, com aquele olhar que você chamava de... abstraído, distante, lembra? Sabe no que eu pensava? Em fazer com eles o que eles fizeram comigo, tudinho, nos mínimos detalhes. Principalmente com ele, o médico... Porque os outros eram muito vulgares, muito... mas esse cara punha Schubert e me falava de coisas científicas, uma vez até citou Nietzsche.

GERARDO — Nietzsche...

PAULINA — Eu ficava horrorizada comigo, mas só assim conseguia pegar no sono ou sair com você pra jantar em lugares onde eu sempre me perguntava se um daqueles homens por acaso não seria... talvez não exatamente a mesma pessoa que me... torturou, mas... E aí, pra não enlouquecer e poder sorrir com esse sorriso Tavelli que você diz que eu devo continuar tendo, bom, eu imaginava que enfiava a cabeça daqueles caras num balde cheio da urina deles, ou pensava nos choques, ou quando fazíamos amor e eu estava quase gozando, não conseguia evitar a lembrança... e aí eu fingia, fingia pra que você não se sentisse...

GERARDO — Ai, meu amor, meu amor.

PAULINA — Por isso, quando ouvi a voz dele, pensei que a única coisa que eu queria é que ele fosse violentado, estuprado, foi isso que eu pensei: que ele soubesse pelo menos uma vez como é ficar... (*Pausa breve.*) E também pensei que, como eu mesma não poderia fazer isso... você teria que fazer.

GERARDO — Chega, Paulina.

PAULINA — Mas logo entendi que você dificilmente iria colaborar.

GERARDO — Chega, Paulina.

PAULINA — Aí eu me perguntei se não poderia usar uma vassoura... Isso mesmo, Gerardo, um cabo de vassoura. Mas aí percebi que eu não queria uma coisa tão... física, e sabe a que conclusão cheguei? Sabe qual é a única coisa que eu quero? (*Pausa breve.*) Que ele confesse. Que ele se sente na frente do gravador e conte tudo o que fez, e não só comigo, tudo, tudo... e depois escreva tudo de próprio punho e assine, pra eu guardar uma cópia pra sempre... com todos os detalhes, com nomes e sobrenomes. É isso que eu quero.

(*Pausa breve.*)

GERARDO — Ele confessa, e você o solta.

PAULINA — Isso mesmo.

GERARDO — É só isso que você precisa?

PAULINA — Só isso. (*Gerardo não diz nada por algum tempo.*) Assim você pode continuar na Comissão. Com a confissão, nos garantimos. Ele não vai se atrever a mandar um dos seus capangas pra nos...

GERARDO — Você espera que eu acredite que você vai soltar esse homem depois que ele confessar? E espera que ele mesmo acredite nisso?

PAULINA — Não vejo outra opção para nenhum dos dois. Olha, Gerardo, pra lidar com essa gente, só metendo medo. Fala pra ele que estou me preparando para matá-lo. Fala que é por isso que eu escondi o carro dele. Que o único jeito de me fazer desistir é confessando. Fala isso pra ele. Fala que ninguém sabe que ele veio aqui ontem, que ninguém nunca vai encontrá-lo. Vamos ver se assim você o convence.

GERARDO — Como assim, que eu o convença?

PAULINA — É uma tarefa mais agradável do que enrabar o doutor, concorda?

GERARDO — Só tem um problema, Paulina. E se ele não tiver o que confessar?

PAULINA — Se ele não confessar, eu mato ele. Pode dizer que, se ele não confessar, eu vou matá-lo.

GERARDO — E se ele for inocente?

PAULINA — Não tenho pressa. Fala pra ele que eu posso mantê-lo preso aqui durante meses. Até ele confessar.

GERARDO — Paulina, me escuta. O que ele vai poder confessar se for inocente?
PAULINA — Se for inocente? (*Pausa breve.*) Aí é que ele vai se foder mesmo. (*As luzes se apagam.*)

Nota: Se o diretor sentir que a peça precisa de um intervalo, este é o momento mais indicado.

Cena 2

Almoço.
    Gerardo e Roberto estão sentados à mesa da sala. Roberto ainda amarrado, mas com as mãos para a frente. Gerardo está servindo uma sopa quente em dois pratos. Paulina está longe deles, na varanda de frente para o mar. Ela pode vê-los, mas não ouvi-los. Roberto e Gerardo ficam olhado para a comida por alguns instantes. (*Silêncio.*)

GERARDO — O senhor não está com fome, dr. Miranda?
ROBERTO — Por favor, pode me chamar de você.
GERARDO — Prefiro tratá-lo formalmente, como se fosse meu cliente. Isso facilita a minha tarefa. Acho que o senhor deveria comer alguma coisa.
ROBERTO — Não estou com fome.
GERARDO — Deixe-me ajudá-lo... (*Enche uma colher com sopa. Começa a alimentá-lo na boca, como a uma criança. Durante a conversa que se segue, continua a servi-lo, e alternadamente se serve do próprio prato.*)

ROBERTO — Ela está louca. Desculpe, Gerardo, mas sua mulher...

GERARDO — Quer pão?

ROBERTO — Não, obrigado. (*Pausa breve.*) Ela deveria procurar tratamento psiquiátrico...

GERARDO — Falando em termos bem toscos, doutor, o senhor é que é a terapia dela. (*Vai limpando a boca de Roberto com um guardanapo.*)

ROBERTO — Ela vai me matar.

GERARDO (*continua a alimentá-lo*) — Se o senhor não confessar, vai mesmo.

ROBERTO — Mas o que é que eu vou confessar, o que eu poderia confessar, se...

GERARDO — Não sei, dr. Miranda... o senhor deve estar ciente de que no regime anterior as sessões de tortura promovidas pelos serviços de informação tiveram a colaboração de médicos...

ROBERTO — Quando o Conselho de Medicina soube desses casos, tratou de denunciá-los e, na medida do possível, de investigá-los.

GERARDO — Ela enfiou na cabeça que o senhor é um desses médicos. E se o senhor não tem como desmentir essa suspeita...

ROBERTO — Desmentir como? Eu teria que mudar minha voz, provar que esta não é a minha voz... É só a voz que me condena, não há outra prova, não há nada que...

GERARDO — E a sua pele. Ela fala da sua pele.

ROBERTO — Da minha pele?

GERARDO — E do seu cheiro.

ROBERTO — São fantasias de uma mulher doente. Qualquer homem que tivesse entrado por essa porta...

GERARDO — Infelizmente, foi o senhor que entrou.

ROBERTO — Olhe, Gerardo, eu sou um homem pacato. Gosto de ficar em casa sossegado, ou de vir para a minha casa na praia, sem incomodar ninguém, sento em frente ao mar, leio um bom livro, ouço música...

GERARDO — Schubert?

ROBERTO — Schubert, sim. Não tenho por que me envergonhar de gostar dele. Também gosto de Vivaldi, Mozart, Telemann. E tive a péssima ideia de trazer *A Morte e a Donzela* para a praia. Olhe, Gerardo, eu só estou metido nisso porque fiquei com pena de você, abandonado lá na estrada, balançando os braços feito louco, portanto é você quem deve me tirar daqui.

GERARDO — Eu sei.

ROBERTO — Estou com dor nos tornozelos, nas mãos, nas costas. Será que você não poderia...?

GERARDO — Roberto... vou ser bem franco. Só tem um jeito de você salvar a sua pele. (*Pausa breve.*) Você vai ter que... contentar a minha mulher.

ROBERTO — Contentar a sua mulher?

GERARDO — Isso mesmo, agradá-la, fazer com que ela sinta que estamos... que você está disposto a colaborar com ela, ajudar.

ROBERTO — Não entendo como eu poderia colaborar com ela nas condições em que eu...

GERARDO — Fazendo a vontade dela, fazendo que ela acredite que você...

ROBERTO — Que eu...

GERARDO — Ela me prometeu que basta uma... confissão sua.

ROBERTO — Eu não tenho nada pra confessar!

GERARDO — Então vai ter que inventar alguma coisa, porque ela não vai te perdoar se não...

ROBERTO (*ergue a voz, indignado*) — Ela não tem do que me perdoar. Eu não fiz nada e não vou confessar nada nem colaborar com nada. Com nada, entendeu? (*Ouvindo a voz de Roberto, Paulina se levanta e começa caminhar em direção aos dois homens.*) Em vez de propor essas soluções absurdas, você deveria estar convencendo a louca da sua mulher a parar com esse comportamento criminoso. Se ela continuar com isso, vai arruinar sua brilhante carreira, Gerardo, e ela mesma vai acabar na cadeia ou no hospício. Diga isso a ela. Ou será que você não consegue pôr ordem na sua casa?

GERARDO — Roberto, eu...

ROBERTO — Isso já atingiu limites intoleráveis... (*Paulina entra, vindo da varanda.*)

PAULINA — Algum problema, meu amor?

GERARDO — Não, nenhum.

PAULINA — Tive a impressão de que vocês dois estavam um pouco... alterados. (*Pausa breve.*) Estou vendo que tomaram toda a sopa. Ninguém pode dizer que eu não sei cozinhar, né?, desempenhar as minhas tarefas domésticas. Aceitam um cafezinho? Se bem que, se não me engano, o doutor não toma café. Estou falando com o senhor, doutor... sua mãe não lhe ensinou boas maneiras?

ROBERTO — Não meta minha mãe nisso. Eu a proíbo de mencionar minha mãe.

(*Pausa breve.*)

PAULINA — Tem toda a razão. Sua mãe não tem nada a ver com isso. Não sei por que os homens insistem em insultar a mãe do outro, filho da puta, dizem, em vez de dizer...

GERARDO — Paulina, por favor, peço que você se retire para que eu possa continuar minha conversa com o dr. Miranda.

PAULINA — Claro. Vou deixar vocês sozinhos para que consertem o mundo.

(*Paulina começa a sair. Volta-se para eles.*)

PAULINA — Ah, se ele quiser mijar, me avisa, hein, meu amor...? (*Volta para a varanda.*)

ROBERTO — Ela está mesmo louca.

GERARDO — Os loucos com poder não devem ser contrariados, doutor. E, neste caso, o que ela precisa é de uma confissão sua para...

ROBERTO — Para quê? Que utilidade isso teria para ela...?

GERARDO — Acho que entendo essa necessidade dela, porque é uma necessidade que o país inteiro tem. Você e eu falamos disso ontem. Da necessidade de traduzir em palavras o que aconteceu conosco.

ROBERTO — E você?

GERARDO — Eu o quê?

ROBERTO — E você, o que vai fazer depois?

GERARDO — Depois do quê?

ROBERTO — Você acredita nela? Acha que sou culpado?

GERARDO — Se eu achasse que você é culpado, por que estaria aqui tentando salvar a sua pele?

ROBERTO — Você está mancomunado com ela. Desde o começo. Ela é a má, você é o bom.

GERARDO — Do que você está falando?

ROBERTO — Vocês dividem os papéis no interrogatório, ela é a má, você é o bom. Portanto é você quem vai me matar, é isso que qualquer homem de bem faria se soubesse que a mulher dele foi estuprada, é o que eu faria se soubesse que a minha mulher foi estuprada. Então vamos parar com esta farsa. Eu cortaria o seu saco. (*Pausa. Gerardo se levanta.*) Aonde você vai?

GERARDO — Vou pegar o revólver pra te dar um tiro. (*Pausa breve. Retoma com mais raiva.*) Mas, pensando melhor, acho que vou aproveitar a sua sugestão e cortar o seu saco, seu fascista desgraçado. É isso que os machos de verdade fazem, não é? Homem de verdade mete bala em quem o insulta e estupra mulheres bem amarradas, não é? Não faz como eu, um pobre advogado cagão e vira-casaca que defende o filho da puta que fodeu com a vida da mulher dele... Quantas vezes, hein, seu filho da puta? Quantas vezes você violentou a minha mulher?

ROBERTO — Gerardo, eu...

GERARDO — Gerardo uma ova... Agora é olho por olho, dente por dente... Não é essa a nossa filosofia?

ROBERTO — Eu estava brincando, era só...

GERARDO — Mas pra que eu vou sujar as mãos com um verme da sua laia, se aqui ao lado tem uma pessoa com muito mais ódio de você? Vou chamar a minha mulher, pra ela ter o prazer de estourar os seus miolos.

ROBERTO — Não, não chame!

GERARDO — Cansei de ficar no meio do fogo cruzado de vocês. Agora você mesmo se entenda com ela e trate de convencê-la.

ROBERTO — Estou com medo, Gerardo. (*Pausa breve.*)

GERARDO (*virando-se de novo para Roberto e mudando de tom*) — Eu também.

ROBERTO — Não deixe que ela me mate. (*Pausa breve.*) O que você vai dizer pra ela?

GERARDO — A verdade. Que você se nega a colaborar.

ROBERTO — Preciso saber o que eu fiz. Não vê que eu não sei o que devo confessar? O que eu disser tem que coincidir com a experiência dela. Se eu fosse aquele homem, saberia de tudo, mas como não sei de nada... Se eu errar, é capaz que ela me... Preciso da sua ajuda, preciso que você... me diga o que ela espera ouvir.

GERARDO — Percebe que você está me pedindo que eu engane a minha mulher?

ROBERTO — Estou lhe pedindo que salve a vida de um homem inocente, dr. Escobar. (*Pausa breve.*) O senhor acredita em mim, não é? Sabe que eu sou inocente, não é?

GERARDO — O senhor se importa tanto com o que eu penso?

ROBERTO — Como é que não vou me importar? O senhor é a sociedade, ela não. O senhor é a Comissão Presidencial, ela não.

GERARDO (*pensativo, pesaroso*) — Ela não, claro... que importância tem o que ela pensa, não é? (*Ergue-se bruscamente e começa a se retirar.*)

ROBERTO — Aonde o senhor vai? O que vai dizer a ela?

GERARDO — Que você precisa mijar.

(*As luzes se apagam.*)

FIM DO SEGUNDO ATO

Terceiro ato

Cena 1

Está anoitecendo. Gerardo e Paulina estão fora, na varanda de frente para o mar, Gerardo com um gravador. Roberto está no interior da casa, amarrado.

PAULINA — Não entendo por quê.
GERARDO — Preciso saber.
PAULINA — Por quê?
(*Pausa breve.*)
GERARDO — Eu te amo, Paulina. Preciso ouvir da sua boca. Não é justo que, depois de tantos anos, eu agora venha a saber de tudo através dele. Não seria... suportável.
PAULINA — E se eu te contar seria... suportável?
GERARDO — Mais suportável do que se ele me contar antes.
PAULINA — Já te contei uma vez, Gerardo. Não foi o bastante pra você?
GERARDO — Há quinze anos você só começou a me contar, e aí...
PAULINA — Eu não ia continuar contando na frente

daquela puta, né? Quando aquela puta apareceu, saindo do seu quarto seminua, perguntando por que você estava demorando, só faltava eu...

GERARDO — Não era uma puta.

PAULINA — Ela sabia onde eu estava? (*Pausa breve.*) Sabia, claro que sabia. Uma puta. Indo pra cama com um homem quando a mulher dele não estava exatamente em condições de se defender.

GERARDO — Não vamos começar com essa história de novo, Paulina.

PAULINA — Foi você que começou.

GERARDO — Quantas vezes vou ter que... Fazia dois meses que eu estava tentando te localizar. Ela passou aqui pra me ver, disse que podia ajudar. A gente bebeu um pouco e... meu Deus, eu também sou humano.

PAULINA — Enquanto eu te defendia, enquanto seu nome não saía da minha boca. Pergunta pra ele, pergunta pro Miranda se eu mencionei você uma vez que fosse, enquanto você...

GERARDO — Mas você já me perdoou, já me perdoou! Até quando vamos continuar com isso?! Vamos morrer de tanto passado, vamos sufocar de tanta dor e recriminação. Vamos terminar a conversa que interrompemos há quinze anos, vamos virar essa página de uma vez por todas, acabar com tudo de uma vez, pra nunca mais falarmos disso.

PAULINA — Perdoar e esquecer?

GERARDO — Perdoar, sim; esquecer, não. Se não

perdoarmos, vamos continuar presos naquele horror. Precisamos viver, minha flor, viver! Temos tanto futuro à nossa...

PAULINA — Que é que você queria? Que eu te contasse tudo na frente dela? Que eu dissesse "me violentaram, mas não falei o seu nome" na frente dela? Que eu te... Quantas vezes?

GERARDO — Quantas vezes o quê?

PAULINA — Quantas vezes você fez amor com ela? Quantas?

GERARDO — Paulina...

PAULINA — Quantas vezes?

GERARDO — Meu amor...

PAULINA — Quantas vezes? Eu te conto se você me contar.

GERARDO (*desesperado, sacudindo-a e em seguida abraçando-a*) — Paulina, Paulina, Paulina. Você quer acabar comigo? É isso que você quer?

PAULINA — Não.

GERARDO — Se continuar assim, vai conseguir. Vai conseguir acabar comigo, e vai ficar sozinha num mundo sem mim, onde não vou mais estar ao seu lado. É isso que você quer?

PAULINA — Só quero saber quantas vezes você fez amor com aquela puta.

GERARDO — Chega, Paulina. Para com isso.

PAULINA — Você já tinha ido pra cama com ela antes, né? Não era a primeira noite. Fala a verdade, Gerardo, preciso saber a verdade.

GERARDO — Mesmo que ela acabe com a gente?

PAULINA — Eu te conto se você me contar. Quantas vezes, Gerardo?

GERARDO — Duas vezes.

PAULINA — Naquela noite. E antes?

GERARDO (*muito baixo*) — Três.

PAULINA — O quê?

GERARDO (*mais alto*) — Três vezes antes daquela noite.

PAULINA — Você gostou mesmo, hein? (*Pausa.*) E pelo jeito ela também deve ter gostado, se voltou...

GERARDO — Você percebe o que está fazendo comigo, Paulina?

PAULINA — É irreparável?

GERARDO (*desesperado*) — Que mais você quer? Que mais você quer de mim? Nós dois sobrevivemos à ditadura, escapamos dela juntos, e agora vamos nos destruir, vamos fazer um ao outro o que esses desgraçados não foram capazes de fazer?

PAULINA — Não.

GERARDO — Você quer que eu vá embora? É isso? Que eu saia por essa porta e nunca mais volte?

PAULINA — Não.

GERARDO — Mas é o que você vai conseguir. A gente também pode morrer por excesso de verdade. (*Pausa.*) Você quer acabar comigo? Estou nas suas mãos como um bebê, indefeso, nas suas mãos, nu. Você quer acabar comigo? Quer me tratar como se eu fosse o homem que te...?

PAULINA — Não.

GERARDO — Você me ama? O que quer de mim?

PAULINA (*sussurrando*) — Eu te quero vivo. Eu te quero dentro de mim, vivo. Eu te quero fazendo amor comigo e te quero na Comissão defendendo a verdade, e te quero no meu Schubert que eu vou recuperar, e te quero adotando uma criança comigo...

GERARDO — Sim, Paulina, sim, meu amor.

PAULINA — E quero cuidar de você a cada minuto, assim como você cuidou de mim depois daquela...

GERARDO — Nunca mais mencione aquela maldita noite. Se você continuar insistindo em voltar a ela, vai acabar comigo, Paulina. É isso que você quer?

PAULINA — Não.

GERARDO — Então vai me contar?

PAULINA — Vou, sim.

GERARDO. Tudo?

PAULINA — Tudo. Vou te contar tudo.

GERARDO — Isso... assim vamos seguir em frente, sem esconder nada um do outro, juntos, como sempre estivemos em todos esses anos. Sem ódio, certo?

PAULINA — Certo.

GERARDO — Se importa se eu ligar o gravador?

PAULINA — Pode ligar.

(*Gerardo liga o gravador.*)

GERARDO — Imagina que você está falando diante da Comissão.

PAULINA — Não sei por onde começar.

GERARDO — Comece pelo seu nome.

PAULINA — Meu nome é Paulina Salas. Agora estou casada com o advogado Gerardo Escobar, mas na época...

GERARDO — Data...

PAULINA — Seis de abril de 1975, eu era solteira. Estava caminhando pela rua San Antonio...

GERARDO — O mais preciso que puder...

PAULINA — Perto da esquina da Huérfanos, quando ouvi atrás de mim um... Três homens saíram de um carro apontando armas, "se a senhorita der um pio, estouramos a sua cabeça", um deles cuspiu essas palavras no meu ouvido. O bafo dele fedia a alho. Não foi o cheiro que me espantou, mas o fato de eu ter reparado nisso e pensado no almoço que ele tinha comido, que estava digerindo com todos os órgãos que eu tinha estudado no curso de medicina. Depois me arrependi amargamente e tive muito tempo pra pensar nisso. Sabia que naquela circunstância eu devia ter gritado, para que as pessoas soubessem que me pegaram, gritar meu nome, sou Paulina Salas, estou sendo sequestrada; sabia que, se você não dá esse grito no primeiro instante, eles já te derrotaram, e eu baixei a cabeça, me entreguei sem protestar, comecei a obedecer logo de saída. Sempre fui muito obediente. (*As luzes começam a baixar.*) O doutor não estava com eles. Com o dr. Miranda foi só três dias depois, quando... Foi aí que o conheci. (*As luzes acabam de se apagar, e a voz de Paulina continua no escuro.*) No início, achei que ele poderia me salvar. Era tão gentil, tão boa gente, depois do que os outros tinham feito comigo... Mas aí, de repente, ouvi o quarteto de Schubert. (*Começa a tocar o segundo movimento de* A Morte e a Donzela.) Vocês não imaginam o que é ouvir essa música maravilhosa naquela escuridão, depois de três dias sem comer, com o corpo destruído e...

(*Ouve-se a voz de Roberto no escuro.*)

VOZ DE ROBERTO — Eu punha música porque me ajudava a desempenhar o meu papel, o papel do bom, como chamam, punha Schubert para ganhar a confiança deles. Mas também porque era um modo de aliviar o sofrimento. Vocês têm que acreditar em mim, eu pensava que era um modo de aliviar o sofrimento dos presos. Não só a música, mas tudo o que eu fiz. Foi o que me propuseram quando comecei.

(*Luzes fracas se acendem, como se fosse o luar iluminando a sala. É noite. Roberto está diante do gravador, confessando. A música de Schubert parou de tocar.*)

ROBERTO — Os presos estavam morrendo, precisavam de alguém para tratar deles, alguém de confiança. Eu tenho um irmão que é dos serviços de segurança. "Você tem a chance de devolver aos comunistas o que eles fizeram com o papai", ele me disse uma noite. Meu pai teve um infarto quando os comunistas invadiram sua fazenda em Las Toltecas. Ficou paralítico, mudo, sempre me interrogando com os olhos, como se perguntasse o que eu tinha feito para vingá-lo. Mas não foi por causa disso que aceitei. Foi por razões humanitárias. Estamos em guerra, pensei, eles querem nos matar, a mim e aos meus entes queridos, querem instalar uma ditadura totalitária no nosso país, mas isso não lhes tira o direito de ter um médico para cuidar deles. Foi aos poucos, de modo quase imperceptível, que me levaram a fazer coisas mais delicadas, a acompanhar algumas sessões nas quais minha tarefa era monitorar os presos para verificar se suportariam a tortura, principalmente o choque elétrico. No começo pensei que com isso estivesse salvando a vida deles, o que é verdade, porque muitas vezes mandei parar antes da hora, dizendo que, se continuassem, a pessoa iria morrer, mas depois comecei a... aos poucos a virtude foi se convertendo em outra coisa, em algo mais excitante... a máscara da virtude caiu e a excitação me escondeu, escondeu o que eu estava fazendo, a lama em que estava... e quando tive que tratar de Paulina Salas era tarde demais. Tarde demais... (*As luzes começam a baixar.*)

... Tarde demais. Comecei a me brutalizar, comecei a tomar gosto por aquilo. Tudo vira um jogo. Você é tomado por uma curiosidade entre mórbida e científica. Quanto tempo será que esta aqui vai aguentar? Será que aguenta mais do que a outra? Como será que está o sexo dela? Será que está seco? Será que ela consegue ter um orgasmo nessas condições? Você pode fazer o que quiser, ela está totalmente à sua mercê, você pode realizar todas as fantasias. (*As luzes baixam mais, e a voz de Roberto continua na semiescuridão, com o luar iluminando o gravador.*) Tudo aquilo que sempre te proibiram, tudo aquilo que sua mãe dizia aos sussurros que você nunca devia fazer, e aí você começa a sonhar com ela, com todas aquelas mulheres. "Que é isso, doutor", me diziam, "vai recusar carne de graça?". Era isso que me dizia um sujeito que os outros chamavam de... Fanta, era esse o apelido dele, eu nunca soube o nome verdadeiro. "Elas gostam da coisa, doutor... todas essas putas gostam, e, se o senhor botar aquela musiquinha tão bonita, elas vão dar mais gostoso ainda." Ele me dizia essas coisas na frente das mulheres, na frente de Paulina Salas também, e eu acabei, acabei... mas nenhuma delas morreu...

(*As luzes voltam a se acender. Está amanhecendo. Roberto, desamarrado, escreve numa folha de papel as palavras que saem do gravador, em sua própria voz, enquanto Gerardo e Paulina escutam. Diante dele há uma pilha de páginas escritas.*)

VOZ DE ROBERTO (*saindo do gravador*) — Nunca nenhuma das mulheres morreu, nenhum dos homens que me coube... assessorar. No total, foram cerca de 94 presos, além de Paulina Salas. Isso é tudo o que posso dizer. Peço que me perdoem.

(*Gerardo desliga o gravador, enquanto Roberto escreve.*)

ROBERTO — Que me perdoem...

(*Gerardo liga novamente o gravador.*)

VOZ DE ROBERTO — ...E que esta confissão sirva como prova do meu arrependimento e de como o país está se reconciliando em paz. (*Gerardo desliga o gravador.*)
GERARDO — Assim como o país está se reconciliando em paz. Escreveu?

(*Gerardo volta a ligar o gravador.*)

VOZ DE ROBERTO — ... Me permitam viver o resto dos meus dias... com meu terrível segredo. Não há castigo pior do que este que a voz da minha consciência me impõe.

ROBERTO (*enquanto escreve*) — ... castigo... consciência. (*Gerardo desliga o gravador. Há um momento de silêncio.*) E agora? Quer que eu assine?

PAULINA — Coloque aí que o senhor escreveu tudo isso por vontade própria, sem pressões de nenhum tipo.

ROBERTO — Isso não é verdade.

PAULINA — Quer que eu o pressione pra valer, doutor? (*Roberto escreve mais algumas frases, mostra a página a Gerardo, que balança a cabeça afirmativamente.*)

PAULINA — Agora pode assinar.

(*Roberto assina. Paulina olha a assinatura, recolhe os papéis, tira a fita do gravador, coloca outra fita, aperta um botão. Ouve-se a voz de Roberto.*)

VOZ DE ROBERTO NO GRAVADOR — Eu punha música porque me ajudava a desempenhar o meu papel, o papel do bom, como chamam, punha Schubert para ganhar a confiança deles. Mas também porque era um modo de aliviar o sofrimento.

GERARDO — Chega, Paulina, por favor.

VOZ DE ROBERTO NO GRAVADOR — Vocês têm que acreditar em mim, eu pensava que era um modo de aliviar o sofrimento dos presos. Não só a música, mas tudo o que eu fiz. Foi o que me propuseram quando comecei.

GERARDO (*aperta um botão, interrompendo a voz*

de Roberto no gravador) — Esse assunto está encerrado.

PAULINA — Quase encerrado.

GERARDO — Você não acha que já é hora...

PAULINA — Tem toda a razão. Temos um acordo. (*Paulina vai até a janela e fica observando as ondas por um tempo, respirando profundamente.*) E pensar que eu passava horas e horas assim, ao amanhecer, tentando enxergar, na maior lentidão, tudo o que a maré tinha deixado na praia ao longo da noite, olhando para aquelas coisas e imaginando o que seriam, se o mar as arrastaria de volta. E agora... e agora... Como é generoso o amanhecer no mar depois de uma tempestade, como as ondas são livres quando...

GERARDO — Paulina!

PAULINA (*virando-se*) — Certo. Fico feliz em ver que você continua sendo um homem de princípios. Eu pensei... agora que você sabe que ele é mesmo culpado, pensei que precisaria te convencer a não matar o doutor.

GERARDO — Eu não sou como ele.

PAULINA (*jogando as chaves do carro para Gerardo*) — Vai pegar o carro dele.

(*Pausa breve.*)

GERARDO — E deixar você sozinha aqui com ele?

PAULINA — Não acha que eu já sou crescidinha pra cuidar de mim mesma?

(*Pausa breve.*)

GERARDO — Tudo bem, tudo bem, vou pegar o carro... Se cuida.
PAULINA — Você também.

(*Gerardo vai até a porta.*)

PAULINA — Mais uma coisa, Gerardo. Devolve o macaco dele.
GERARDO (*tentando sorrir*) — E você devolve o Schubert. Você já tem a fita. (*Pausa breve.*) Se cuida.
PAULINA — Você também.

(*Gerardo sai. Paulina o acompanha com os olhos. Roberto está desamarrando os pés.*)

ROBERTO — Se me permite, gostaria de ir ao banheiro. Acho que a senhora não precisa mais me acompanhar.
PAULINA — Parado, doutor. Ainda temos uma coisinha pra resolver. (*Pausa breve.*) Hoje vai ser um dia incrivelmente lindo. Sabe do que mais eu preciso agora, doutor, para que este dia seja realmente perfeito? (*Pausa breve.*) Matar o senhor. Pra que eu possa escutar o meu Schubert sem pensar que o senhor também vai estar escutando, que vai estar sujando o meu dia, o meu Schubert, o meu país e o meu marido. É disso que eu preciso...

ROBERTO (*levanta-se bruscamente*) — Mas seu marido saiu na confiança... A senhora deu sua palavra.

PAULINA — É verdade. Só que quando eu dei a minha palavra eu ainda tinha uma ponta de dúvida de que o senhor realmente fosse aquele homem. Porque o Gerardo tinha razão. Provas, provas mesmo... Bom, eu ainda podia estar enganada, certo? Mas eu sabia que se o senhor confessasse, se eu ouvisse a sua confissão... E quando a ouvi, minhas últimas dúvidas se dissiparam e percebi que eu não ia conseguir viver em paz se não o matasse. (*Aponta o revólver para ele.*) O senhor tem um minuto para rezar e se arrepender de verdade, doutor.

ROBERTO — Senhora, senhora... não faça isso. Sou inocente.

PAULINA — O senhor já confessou, doutor.

ROBERTO — A confissão, senhora... a confissão é falsa.

PAULINA — Como assim, falsa?

ROBERTO — Nós forjamos essa confissão, eu a inventei...

PAULINA — Pois eu achei extremamente verdadeira, dolorosamente familiar...

ROBERTO — Seu marido me disse o que eu devia escrever, e eu inventei mais uma coisa ou outra... Uma coisa aqui, outra ali é invenção minha, mas quase tudo foi baseado no que ele sabia que a senhora tinha passado, foi uma armação só para a senhora me soltar; ele me convenceu de que era o único jeito de não me matar, e eu tive que... A senhora sabe como, sob pressão, a gente fala qualquer coisa, mas eu sou inocente, por Deus do céu, eu lhe...

PAULINA — Não invoque Deus, doutor, quando o senhor está tão perto de saber se Ele existe ou não. O que existe, sim, é o Fanta.

ROBERTO — O que é que...?

PAULINA — Várias vezes na sua confissão o senhor menciona o Fanta, aquele grandalhão que roía as unhas, não é verdade? Nunca vi a cara dele, mas sei que ele roía aquelas unhas porcas.

ROBERTO — Nunca conheci nenhum Fanta. Quem me disse esse nome foi seu marido, tudo o que eu disse devo à ajuda do seu marido... Pergunte a ele quando voltar. Ele pode explicar.

PAULINA — Ele não tem que explicar nada. Eu sabia que ele ia fazer isso para salvar a sua vida, para me proteger, para que eu não o matasse, eu sabia que ele ia usar a minha confissão pra montar a sua. Ele é assim. Sempre acha que é mais esperto que os outros, sempre acha que deve salvar alguém. Eu não o culpo, doutor. Ele faz isso porque me ama. Mentimos um pro outro porque nos amamos. Ele me enganou pra me salvar. Eu o enganei para salvá-lo. Só que eu ganhei. O nome que eu dei para o meu marido foi Chanta, Chanta; falei o nome errado de propósito, pra ver se o senhor o corrigia. E o senhor corrigiu, doutor, o senhor corrigiu o nome do Chanta e disse Fanta, e se fosse mesmo inocente não teria como saber o apelido daquele animal.

ROBERTO — Estou lhe dizendo que foi seu marido quem... Escute, por favor, me escute. Primeiro ele disse Chanta, depois trocou o nome e se referiu ao sujeito como Fanta. Ele deve ter achado que era um nome mais adequado para esse tipo de... Não sei por que ele me... Pergunte pra ele. Pergunte pra ele.

PAULINA — Essa não foi a única correção que o senhor fez na versão que eu contei pro meu marido, doutor. Tinha várias outras mentiras.

ROBERTO — Quais, quais...?

PAULINA — Pequenas mentiras, pequenas variações que fui encaixando na história que contei pro Gerardo, e várias vezes, doutor, nem sempre, mas várias vezes, o senhor as corrigiu, assim como fez com o nome do Fanta. Exatamente como imaginei que iria acontecer. Mas não vou matar o senhor porque seja culpado, doutor. Vou matar porque não se arrependeu de nada. Eu só posso perdoar alguém que realmente se arrepende, que se ergue diante dos seus semelhantes e diz: "Eu fiz isso, fiz, sim, e nunca mais voltarei a fazer".

ROBERTO — Que mais a senhora quer? Já tem mais do que todas as vítimas deste país vão ter. Um homem confesso a seus pés, humilhado (*se ajoelha*), implorando por sua vida. Que mais a senhora quer?

PAULINA — A verdade, doutor. Diga-me a verdade e eu o deixo ir. Ficará livre como Caim depois de matar o irmão, quando se arrependeu. Deus pôs uma marca nele para que ninguém pudesse tocá-lo. Arrependa-se, e eu o deixo livre. (*Pausa breve.*) O senhor tem dez segundos. Um, dois, três, quatro, cinco, seis. Vamos! Sete. Confesse, doutor!

(*Roberto se levanta.*)

ROBERTO — Não. Eu não vou fazer isso. Por mais que eu confesse, a senhora nunca vai ficar satisfeita. Vai me matar de qualquer jeito. Portanto me mate. Não vou continuar permitindo que uma mulher louca me trate dessa maneira vergonhosa. Se quiser me matar, me mate. Mas saiba que terá matado um homem inocente.

PAULINA — Oito.

ROBERTO — E assim continuamos alimentando a violência, sempre alimentando a violência. Ontem eles fizeram coisas terríveis com a senhora, agora a senhora faz coisas terríveis comigo, e amanhã... mais e mais e mais. Eu tenho crianças... dois filhos, uma mocinha... O que eles vão fazer? Vão passar quinze anos procurando a senhora, e quando a encontrarem...

PAULINA — Nove.

ROBERTO — Ah, Paulina... você não acha que está na hora de acabar com isso de uma vez por todas?

PAULINA — Por que eu é que devo me sacrificar, hein? Por que eu é que devo morder a língua? Somos sempre nós que fazemos concessões. Por que tem que ser assim? Por quê? Desta vez vai ser diferente. Basta pegar um. Se fizermos justiça com um, mesmo que seja só um, o que perdemos? O que se perde matando nem que seja um de vocês? O que se perde, hein? O que se perde?

(*As luzes diminuem, deixando Paulina e Roberto na penumbra, com ela apontando a arma para ele. Antes que se apaguem por completo, começa a tocar uma peça de cordas — o último movimento do* Quarteto dissonante *de Mozart. Paulina e Roberto vão sendo ocultados por um espelho gigante que reflete a imagem dos espectadores. Durante um bom tempo, enquanto toca o quarteto de Mozart, a plateia simplesmente fica olhando sua imagem no espelho.*)

Cena 2

Lenta ou repentinamente, dependendo dos recursos disponíveis, o espelho se transforma numa sala de concertos. Passaram-se alguns meses. É noite. Gerardo e Paulina aparecem vestidos com elegância. Sentam-se entre os espectadores da peça, de costas para eles ou em duas poltronas da própria plateia, ou em cadeiras dispostas defronte ao espelho, de modo que se veja o reflexo do rosto deles. Também é possível, mas não recomendável, colocar as cadeiras de frente para o público. Ao fundo da música, ouvem-se alguns ruídos típicos de um concerto: pessoas pigarreando ou tossindo de leve, programas sendo folheados, até mesmo alguma respiração entrecortada. Quando a música chega ao fim, Gerardo começa a aplaudir, e ouvem-se aplausos que vão crescendo em meio ao que, evidentemente, é o público presente. Paulina não aplaude. As palmas começam a diminuir até silenciarem por completo, depois se escutam os ruídos habituais de uma sala de concertos num intervalo do programa: mais tossidelas, sussurros dos

*espectadores, passos dirigindo-se ao foyer. Paulina
e Gerardo começam a sair, cumprimentando as pessoas, parando para conversar. Os dois se afastam de
seus assentos e avançam através de um foyer ima-
ginário, aparentemente cheio de espectadores. Bur-
burinho, fumaça de cigarros etc. Gerardo começa a
conversar com pessoas da plateia, como se elas esti-
vessem presentes no concerto.*

GERARDO (*dirigindo-se a vários espectadores com
intimidade*) — Muito obrigado, muito obrigado.
Sim, ficamos bastante satisfeitos com o relatório... (*Paulina se afasta para uma lateral, onde há
uma pequena bonbonnière. Gerardo continuará
falando com as pessoas a seu redor até ela voltar.*)
Estamos trabalhando com muita generosidade,
sem nenhum intuito de vingança pessoal. Olha,
vou te contar o momento exato em que tive
certeza de que a Comissão ia mesmo ajudar a
cicatrizar as feridas do nosso passado. Foi no
primeiro dia da investigação. Uma senhora de
idade, Magdalena Suárez, acho que esse era o
nome dela, foi prestar seu depoimento e chegou
tímida, até desconfiada. Ela começou a falar em
pé. "Sente-se", disse o presidente da Comissão,
oferecendo-lhe uma cadeira. A senhora se sen-
tou e começou a chorar. Depois ela olhou para
nós e disse: "É a primeira vez" — fazia nove anos
que seu marido estava desaparecido, e ela tinha
feito uma infinidade de trâmites, amargado

infinitas horas de espera —, "é a primeira vez", ela disse, "durante todos esses anos, senhor, que alguém me oferece uma cadeira".

Imagine o que é a pessoa passar anos e anos sendo tratada como louca e mentirosa e de repente ser vista novamente como um ser humano, contando sua história para todo mundo ouvir. Não podemos lhe devolver o marido morto, mas podemos restaurar sua dignidade; que ela nunca perdeu. Isso não tem preço. (*Toca um sino, indicando que o concerto vai recomeçar.*) Bom, quanto aos assassinos... eu sabia que você ia perguntar... Olha, mesmo que, em muitos casos, a gente não saiba ou não possa revelar o nome deles... (*Paulina escolheu uns doces, paga, volta para junto de Gerardo. Roberto entra sob uma luz diferente, com uma dualidade quase fantasmagórica, como a do luar. Ela ainda não o vê. Roberto observa Paulina e Gerardo de longe.*) Ah, meu amor, bem na hora, já vai começar. Bom, meu velho, vê se aparece em casa qualquer dia pra tomar alguma coisa, agora que estou mais sossegado. A Pauli faz um *pisco sour* que é um espanto de tão bom.

(*Paulina e Gerardo se sentam. Roberto os segue e vai se sentar numa das extremidades da mesma fileira, sem parar de olhar para Paulina. Ouvem-se aplausos. Soam alguns acordes curtos para afinar os instrumentos. Começa a tocar* A Morte e a Donzela.

Gerardo olha para Paulina, que olha para a frente. Ele pega na mão dela e olha para a frente também, sem soltá-la. Passados alguns instantes, ela se vira lentamente e olha para Roberto, que está olhando para ela. Os dois ficam assim por alguns instantes. Depois ela se vira e olha para a frente. Roberto continua olhando para ela. As luzes se apagam enquanto a música toca, toca e toca.)

FIM DA PEÇA

Posfácio
ARIEL DORFMAN

O general Augusto Pinochet ainda desgovernava o Chile e eu ainda estava no exílio quando comecei a explorar a situação dramática que oito, talvez nove anos depois se transformaria em *A Morte e a Donzela*. Um motorista que sofreu um pequeno acidente numa estrada é resgatado por um homem que gentilmente o leva para casa; mas sua mulher pensa reconhecer no bom samaritano o torturador que a violentou mais de uma década antes, quando foi presa por atividades subversivas. Ela sequestra o suposto culpado e resolve julgá-lo por conta própria.

Várias vezes me sentei para escrever o que eu então imaginava que seria um romance. Algumas horas e algumas páginas ruins depois, eu entregava os pontos, vencido pela frustração. Alguma coisa não estava funcionando. Eu não conseguia imaginar, por exemplo, quem poderia ser o marido daquela mulher, como ele reagiria a essa violência feminina, se iria acreditar na esposa ou se iria se opor a seus desígnios. Também não estava claro como a história daquele lar claustrofóbico se ligava à história maior, secreta e simbólica do próprio país.

Há ocasiões em que o fórceps é indispensável para ajudar uma criança a sair do útero materno; mas àquela altura da minha vida de escritor eu já havia aprendido que, quando certos personagens não querem nascer, a indução do parto pode prejudicá-los e até mesmo desviar o destino deles irremediavelmente. Meu trio teria de esperar por um tempo mais propício para ver a luz.

A espera foi mais longa do que eu tinha previsto. Foi só quando o Chile voltou à democracia, em 1990 – e eu mesmo, portanto, pude voltar ao país definitivamente –, que enfim consegui descobrir como aquela situação literária tão postergada deveria se desenvolver.

Meu país vivia então, e ainda vive neste momento em que escrevo, uma tensa transição para a democracia: embora Pinochet não fosse mais o presidente, ele continuava sendo o comandante em chefe das Forças Armadas e ainda podia ameaçar e intimidar civis que pretendessem punir as violações dos direitos humanos cometidas pelo regime militar. Por outro lado, para evitar o caos e o confronto permanente, o novo governo tinha de levar a cabo uma política de coexistência e até mesmo de coabitação com os sequazes que Pinochet havia nomeado para postos importantes no Poder Judiciário, no Legislativo e na esfera municipal.

Os democratas também deviam ter cuidado para não alijar os setores de direita que conduziam a economia do país e que haviam sido cúmplices, defensores e certamente beneficiários dos dezessete anos de política repressiva.

O recém-eleito presidente Patricio Aylwin respondeu a esse dilema nomeando uma Comissão — chamada Rettig, em homenagem ao respeitado octogenário que a chefiou — com o objetivo de investigar os crimes da ditadura, desde que tivessem terminado em morte comprovada ou presumida. O relatório final, porém, não identificaria os culpados nem os processaria.

Essa Comissão representou, sem sombra de dúvida, um marco importante no processo de cura das profundas feridas do passado. A verdade sobre o terror perpetrado contra uma sociedade inteira sempre existira para nós de forma fragmentária e privada. Agora, enfim, seria reconhecida de forma pública, estabelecida irrefutavelmente como parte da história oficial da nação. A revelação e o compartilhamento dessa verdade foram um passo fundamental para a sociedade sanar suas fraturas e superar divisões e ódios do passado. O preço dessa estratégia, porém, foi a impunidade dos crimes e de seus autores, a ausência de justiça para o país e a angústia de centenas de milhares de vítimas sobreviventes, cuja experiência traumática seria relegada ao esquecimento.

A iniciativa de Aylwin foi corajosa ao enfrentar os militares e prudente ao não provocá-los em excesso. Recebeu críticas de quem esperava que o terror do passado ficasse absolutamente sepultado e de quem, com o mesmo afinco, exigia sua revelação total.

Como espectador fascinado, ainda que distante, do árduo trabalho da Comissão, aos poucos me dei conta de que talvez estivesse aí a chave para aquela narrativa não resolvida que me rondava a mente havia tanto tempo: aquele sequestro, aquele julgamento deveriam acontecer numa nação que, longe de estar sob a bota de um ditador, estivesse caminhando para a democracia. Colocar meus três personagens num momento histórico tão conturbado dava a eles uma dimensão maior, já que suas ações ocorreriam num país em que muitos se perguntavam como enfrentar os traumas ocultos que os agentes do regime lhes causaram, enquanto estes temiam que seus crimes fossem revelados publicamente. Também entendi com clareza que o modo de garantir que o marido daquela mulher torturada fosse um antagonista digno era torná-lo membro de uma comissão semelhante à encabeçada por Rettig. Não levei muito tempo para perceber que esses personagens, mais do que a lenta forma narrativa, necessitavam urgentemente ganhar vida cênica no contato direto e cabal com um público.

Não era um projeto isento de riscos. Minha própria experiência me ensinara que muitas vezes a distância é a melhor aliada do escritor e que, quando nos confrontamos com acontecimentos encarnados e multiplicados na proximidade histórica, sempre existe o risco de resvalar num olhar "documental" ou supostamente realista, caindo na tentação fácil de ajustar a vida dos personagens a circunstâncias efetivas, em vez de arriscar que eles nos surpreendam e perturbem com sua implacável liberdade, que nos mostrem a realidade mais profunda e verdadeira que se encontra sob a superfície da vida cotidiana. Além disso, eu sabia que seria criticado por supostamente perturbar a precária paz da República lembrando aos espectadores as consequências do terror e da violência, justamente num momento em que nos pediam máxima cautela.

Contudo senti que, se era verdade que como cidadão eu devia ser responsável e razoável, como artista meu dever era responder ao chamado selvagem com que meus personagens exigiam completar seu nascimento. O silêncio que pesava sobre muitos compatriotas meus que se autocensuravam, com medo de criar "problemas" para a nova democracia, não podia ser acatado pelos escritores. Quando comecei a escrever a peça em 1990, considerei – e ainda penso assim quase dois anos depois, ao escrever estas linhas – que a democracia se fortalece expressando seus horrores e esperanças. Não é silenciando sobre a existência das grandes convulsões que se evita sua repetição.

Eu pensava que, pelo menos no caso do Chile, talvez a única reparação real para muitas vítimas fosse, afinal de contas, nada mais que a verdade nua e terrível. Escamotear essa verdade, portanto, longe de resolver esses conflitos, acabaria por intensificá-los e aguçá-los a longo prazo.

Tive a intuição de que nesta peça eu poderia explorar as perguntas mais essenciais e angustiosas que nós, chilenos, nos fazíamos em privado, mas que raramente viam a brutal luz pública. Como podem repressores e reprimidos conviver na mesma terra, compartilhar a mesma mesa? Como curar um país traumatizado pelo medo se esse mesmo medo continua fazendo seu trabalho silencioso? E como chegar à verdade se nos habituamos a mentir? Podemos manter o passado vivo sem nos tornar seus prisioneiros? E podemos esquecer esse passado sem correr o risco de que ele se repita no futuro? É legítimo sacrificar a verdade para garantir a paz? E quais as consequências para a sociedade se ela sufoca as vozes desse passado? Pode um povo buscar justiça e igualdade se continua assombrado pela ameaça de uma intervenção militar? E, dadas essas circunstâncias, como evitar a violência? Em que sentido somos todos responsáveis, em parte, pelo sofrimento dos outros, pelos grandes erros que levaram a um confronto tão horrendo? E talvez o dilema mais terrível: como enfrentar essas questões sem destruir o consenso nacional, que é a base de toda estabilidade democrática?

Três semanas depois de me sentar para escrever a peça, *A Morte e a Donzela* estava pronta para enfrentar o mundo. Logo percebi que a montagem que me propuseram realizar no Chile estava repleta de problemas, que sua encenação seria precária, e até mesmo de laboratório, porém achei que ela teria acabamento suficiente para que o público se sentisse desafiado. Eu estava convencido de que, se a peça revelava de forma perigosa muitos conflitos ocultos que se agitavam sob a aparente tranquilidade da nação, e portanto ameaçavam a segurança psicológica de muitas pessoas, também poderia acabar sendo um instrumento por meio do qual essas mesmas pessoas poderiam tatear os recessos de sua identidade e explorar as contraditórias opções que se abriam diante de nós. Não era justo que, depois de tantos anos de ausência e de tantos anos lutando pela democracia, eu estreasse a peça primeiro no exterior. *A Morte e a Donzela* foi o presente de regresso que eu quis dar à transição.

A recepção da obra no Chile foi tão fraturada e ambígua quanto o próprio texto. Se nas apresentações gratuitas os moradores das periferias, as vítimas, os estudantes — enfim, todos aqueles que não tinham poder de voz ou condições de pagar ingresso — se sentiram profundamente comovidos com a peça, os críticos a receberam, salvo raras exceções, com desprezo, e a grande massa de frequentadores de teatro preferiu simplesmente ignorá-la. Dois meses depois, tivemos de encerrar a temporada.

Olhando para trás e pensando agora no assunto, vejo que as razões dessa rejeição pela maior parte da elite chilena não surpreendem muito. Para os seguidores de Pinochet era extremamente indigesta uma encenação tão crua dos efeitos de uma violência cuja existência os envergonhava e que eles, inclusive, continuavam a negar. E tampouco meus próprios companheiros da resistência, que agora governavam o Chile, gostaram da peça: *A Morte e a Donzela* irrompia de forma incômoda num complexo processo de transição que exigia da sociedade o esquecimento, ou pelo menos a postergação, de suas dores, em nome da necessária paz social. A peça punha o dedo numa ferida aberta que muitos queriam disfarçar em cicatriz. Outros sentiam que o tema repressão já havia saturado a opinião pública e que era hora de virar a página, como diz Gerardo, meu personagem advogado. Nessas circunstâncias, eu devia ter previsto que muitos prefeririam tachar a peça de inoportuna ou de esteticamente deficiente antes de se perguntarem se não havia algo de errado na maneira como a encaravam.

Penso que também não ajudou o fato de o autor ser um recém-chegado do exílio. Se a distância da minha própria sociedade foi decisiva para que eu não dependesse econômica nem emocionalmente dos grupos locais e pudesse, portanto, escrever o que quisesse de forma um tanto temerária, essa mesma distância me expunha às críticas daqueles que se ressentiam dos privilégios e recursos que minha vida no exterior me proporcionava. Afinal, era mais fácil para mim criticar a transição porque, se ela fracassasse, eu sempre poderia voltar para os Estados Unidos, enquanto eles deveriam sofrer na própria pele qualquer deterioração da situação.

Esse relativo fracasso no meu próprio país evidencia que, nas sociedades em processo de democratização, e mesmo nas plenamente democráticas, há limites para o tolerável, demarcados por um consenso tácito que uma arte dissidente não deve transgredir. A marginalização inicial da minha peça simboliza uma estratégia mais ampla e perigosa de exclusão que vem se repetindo, pelo menos no Chile e provavelmente em outras democracias frágeis, com muitas manifestações artísticas, sobretudo aquelas produzidas pelos jovens. Esses produtores culturais chilenos que não encontram canais de expressão em seu próprio país carecem de contatos no exterior que lhes permitam virar as costas para a mesquinharia e a cautela nacionais e produzir sua obra para além das nossas fronteiras. Quem não emigra é condenado ao silêncio, à autocensura ou ao estreito espaço contracultural, situações das quais fui salvo por meus longos anos de desterro e pela aceitação que minha literatura obteve globalmente. Pude apresentar *A Morte e a Donzela* para plateias estrangeiras e depois disso consegui que sua extraordinária aceitação e sucesso internacionais repercutissem em meu país, desencadeando uma surpreendente reavaliação positiva das autoridades e da imprensa. Tanto assim que os mesmos críticos que haviam desprezado a peça em março de 1991 concederam, em dezembro daquele mesmo ano, o prêmio de melhor atriz a María Elena Duvauchelle, que interpretara Paulina naquela encenação um tanto improvisada e incompleta realizada em Santiago.

Resta saber como será a reação do público e dos críticos à peça nos próximos anos, quando ela estrear em várias nações hispano-americanas e na Espanha; mas me parece evidente que *A Morte e a Donzela* não pode ser considerada restrita ao Chile, pois parece interessar a muitos outros países que vivem situações e dilemas semelhantes. A peça também não deve ser vista apenas como uma exploração dos temas da tortura, da justiça, dos medos e das formas de curar uma sociedade, já que nela se encontram, acima de tudo, temas que vêm sendo uma obsessão em meus romances, contos, poemas e ensaios anteriores. Em toda a minha ficção, por exemplo, fico obcecado em imaginar que mundo emerge quando uma mulher assume o poder. Ou uma série de outras dúvidas: como se pode dizer a verdade quando a máscara que adotamos acaba sendo idêntica ao nosso rosto? Como saber se a memória nos salva ou nos engana? Como preservar a inocência em um mundo maligno e corrupto? Podemos perdoar aqueles que nos causaram um dano irreparável?

Por outro lado, *A Morte e a Donzela* é parte de uma longa pesquisa estética em minha própria vida, em busca de uma maneira de escrever uma literatura que seja política sem ser panfletária; da tentativa de contar histórias que sejam populares e ao mesmo tempo cheias de ambiguidade; histórias que possam alcançar uma grande massa de espectadores e que também tenham um estilo experimental.

Como meus leitores bem sabem, tenho me preocupado principalmente com a maneira como os meios de comunicação de massa povoam a imaginação contemporânea com soluções fáceis e confortáveis para a maioria dos nossos problemas. Acredito que essa estratégia estética não apenas despreza e falseia a difícil e variada condição humana, mas, no caso do Chile ou de qualquer outro país que emerge de um período de enorme sofrimento, é contraproducente para o desenvolvimento e o crescimento da coletividade.

Em *A Morte e a Donzela*, decidi seguir um caminho diferente.

Preferi escrever o que se poderia chamar de tragédia, pelo menos se atentarmos à função que Aristóteles atribuiu a esse gênero há milhares de anos: ajudar o público a purgar suas dores por meio da comiseração e do terror, isto é, permitir que uma sociedade enfrente questões que, se não forem tratadas à implacável luz do dia, poderão levar à sua ruína ou deterioração.

Espero que a verdade múltipla e feroz que Paulina, Gerardo e Roberto encarnam, originada remotamente no Chile, sirva agora para fazer com que os espectadores de muitos outros países enfrentem os dilemas e as dores que passaram ou que estão por vir.

Se *A Morte e a Donzela* for dolorosa para esses espectadores, meu único consolo é que considerem quão doloroso foi para mim escrever esta peça. Lembrando que ela é, depois de tudo e acima de tudo, uma história de amor.

Julho de 1992

Ensaísta, romancista, dramaturgo e ativista dos direitos humanos, ARIEL DORFMAN nasceu em Buenos Aires (1942) em uma família de origem judaica e ainda criança mudou-se para os Estados Unidos e depois para o Chile. Foi conselheiro cultural do presidente Salvador Allende, sendo forçado a abandonar o Chile após o golpe de Estado dado por Augusto Pinochet, em 1973. É professor de literatura e estudos latino-americanos na Universidade Duke, nos Estados Unidos, e autor de, entre outros, *Super-homem e seus amigos do peito* e *Uma vida em trânsito* e coautor de *Para ler o Pato Donald*. A obra *A Morte e a Donzela* foi montada em mais de 90 países e filmada, em 1994, por Roman Polanski.

PREPARAÇÃO Ciça Caropreso
REVISÃO   Huendel Viana e Ricardo Jensen de Oliveira
CAPA Fernanda Ficher
IMAGEM DA CAPA *Hedda Gabler* (2014), Tatiana Blass
PROJETO GRÁFICO DE MIOLO Bloco Gráfico

EDITORIAL
Fabiano Curi (diretor editorial)
Graziella Beting (editora-chefe)
Livia Deorsola (editora)
Kaio Cassio (editor-assistente)
Karina Macedo (contratos e direitos autorais)

ARTE
Laura Lotufo (editora de arte)
Lilia Góes (produtora gráfica)

COMUNICAÇÃO E IMPRENSA
Clara Dias

COMERCIAL
Fábio Igaki

ADMINISTRATIVO
Lilian Périgo

EXPEDIÇÃO
Nelson Figueiredo

ATENDIMENTO A LEITORES E LIVRARIAS
Meire David

EDITORA CARAMBAIA
Av. São Luís, 86, cj. 182
01046-000 São Paulo SP
contato@carambaia.com.br
www.carambaia.com.br

copyright desta edição © Editora Carambaia, 2022
copyright © Ariel Dorfman, 1991. Todos os direitos reservados.
copyright do Prefácio © "La Muerte y la Doncella" por
Elie Wiesel © 2001 by the Estate of Elie Wiesel. Reprinted
by permission of Georges Borchardt, Inc., on behalf of
The Estate of Elie Wiesel.

Título original *La Muerte y la Doncella* [Buenos Aires, 1991]

CIP-BRASIL. CATALOGAÇÃO NA PUBLICAÇÃO
SINDICATO NACIONAL DOS EDITORES DE LIVROS, RJ

D749m
Dorfman, Ariel, 1942-
A Morte e a Donzela / Ariel Dorfman;
tradução Sérgio Molina; prefácio Elie Wiesel.
1. ed., São Paulo: Carambaia, 2022.
112 p.; 20 cm

Tradução de: *La Muerte y la Doncella*
introdução
ISBN 978-65-86398-60-1

1. Teatro chileno. I. Molina, Sérgio.
II. Wiesel, Elie. III. Título.

22-75925   CDD: 868.99332   CDU: 82-2(83)
Meri Gleice Rodrigues de Souza – Bibliotecária CRB-7/6439

ilimitada

FONTE
Antwerp

PAPEL
Pólen Bold 90 g/m²

IMPRESSÃO
Geográfica